講談社文庫

午後の脅迫者

新装版

西村京太郎

JN051470

講談社

目次

午後の脅迫者

午後の脅迫者

1

日下部《くさかべ》達夫は、ある日、新聞の片隅にのった記事に眼をとめた。

三十五歳で定職もなく、ヤクザな人間を自認している日下部は、まともに新聞を読んだことはない。もともと、買う新聞といえば、競馬、競輪の予想紙ぐらいのものだったから、その新聞も、喫茶店で偶然、拾い読みしたのである。

〈探偵社員が、百万円を恐喝〉

それが見出しだった。最初、日下部が、ひかれたのは、百万円の三つの文字である。競輪ですったばかりで、金が欲しくて仕方がなかった。そのくせ、地道に働くのは嫌だった。

（百万円か――）

と、鼻を鳴らしながら、日下部は、記事の内容に眼を通した。

〈N探偵社の調査員、宮田正一（四〇）は、Y製靴の信用調査を依頼されて調査中、Y製靴の内紛を知り、それをネタに百万円を恐喝し、警察に逮捕された〉

たったそれだけの記事だった。が、読み終ったとき、日下部の眼が光っていた。

一般の人が、この記事を読めば、恐らく、「探偵社員にも、悪い奴がいるんだな」といった感想を持つであろう。だが、日下部が、この記事から受け取ったのは、別のことだった。

（探偵の仕事というのは、上手《うま》くやれば、金になるんだな）

それが、日下部の得た感想だった。この宮田正一という調査員が、警察に捕ったのは、恐らく、やり方が下手《へた》だったのだ。

日下部は、それまで、私立探偵という職業に何の関心もなかった。日本に、私立探偵がいることさえ知らなかったし、外国映画の中だけの存在ぐらいにしか考えていなかったのである。

それが変った。彼は、泥縄式に、私立探偵の出てくる推理小説を読みあさった。レイモンド・チャンドラーが創りあげた私立探偵フィリップ・マーロウや、ロス・マクドナルドが創造したリュー・アーチャアの名前も、はじめて知った。が、その知り方も、日下部らしいものだった。一般の読者なら、マーロウやアーチャアの戦いぶりや、苦悩や、悲しみに感動するだろう。だが、日下部は、そんなものには、何の感動も受けなかった。何冊かの本を読んだあと、彼は、たった一つの結論を得て、それは、彼を満足させた。

(私立探偵は、他人の秘密を調べるのが仕事である。つまり、恐喝のネタを探し歩くのが仕事なのだ)

それに、インテリ崩れめいたところがあり、前科のある日下部は、自分なら、秘密さえ握れば、上手く恐喝がやれる自信があった。

だから、N探偵社が調査員を募集していると知ったとき、日下部は、何年かぶりに、履歴書用紙を買った。

ドル・ショックからの不景気風のせいか、それとも、年齢・経験不問、月収十万以上の条件に釣られたのか、採用試験には三十人近い応募者が集った。その大半は男だった。

簡単な筆記試験があった。日下部は、半分くらいしか出来なかったが、不思議に採用通知が届いた。

2

日下部が、採用通知を持って、N探偵社に出かけると、彼を含めて、五人の合格者が来ていた。三十人中五人といえば、かなりの競争率だが、他の四人と話している中に、日下部は、試験の成績がいいから合格したとは思えなくなってきた。

五人の合格者に、妙な共通点があったからである。いずれも、三十歳から四十歳にかけての中年男で、気味が悪いくらい、同じように疲れた顔をしていた。流行おくれの、くたびれた背広を着ていることも似ていた。何故、こんな中年男ばかり採用したのか、日下部には見当がつかなかったが、社長に会って、その理由がわかった。

N探偵社の社長は、竹田という特高あがりの男だった。小柄な老人だが、精力的な赧《あか》ら顔で、首が太かった。

竹田は、日下部たち新入社員を一列に並べ、不動の姿勢を取らせてから、

「君たちは、もう中年だ。不景気がどんどん進行すれば、君たちを採用してくれる会社なんか一つもないぞ。だから、ここを死場所と考えて、全力を尽くして働いて貰いたい。うちの勤務条件に不満なものは、すぐ辞めて貰う」

と、野太い声でいった。訓示というよりも、脅迫に近かった。

日下部は、筆記試験は単なるゼスチュアで、竹田が欲しかったのは、最初から自分のような中年男なのだとわかった。失業中の、少しインテリ臭い中年男をである。

勤務条件を知らされると、日下部は、ますます、自分の考えに自信を持った。

一ヵ月の固定給は、わずか五千円だった。しかも、交通費込みである。遠い所から通う人間は、交通費だけで固定給は消えてしまうだろう。

他に、一件の調査について、調査員が二割を受け取り、会社が八割を取る。結婚調査が二万円とすると、調査員が、その調査をすませて報告書を依頼人に渡すと、四千円がふところに入るわけである。固定給では、全く生活ができないのだから、調査員は、歩合《ぶあい》欲しさに、馬車馬のように働かなければならない。若者なら、忽ち逃げ出すだろう。他に就職口のない中年男なら仕方なしに働くに違いない。竹田は、それを見

越して、三十歳から四十歳くらいの社員を集めたに違いなかった。

続いて、日下部たちは、誓約書を書かされた。労働組合を作らないこと、不正を働かないこと、右に違反した場合は、馘首《かくしゅ》されても文句はいわないというものだった。

他の四人は、「ひどいな」と、小さい声で文句をいっていたが、席を蹴立てるだけの勇気のある者はいなかった。この会社でなら、曲りなりにも、社員でいられるが、他に、中年男を事務系統で採用してくれる会社は、ありそうもなかったからである。

日下部だけが、ニヤニヤ笑っていた。

3

翌日から、日下部たち五人は、調査のイロハを教育された。それは、驚いたことに、犯罪とスレスレの、あくどいテクニックだった。

まず、さまざまな名刺を作らされた。税務署員の肩書きのついた名刺、新聞記者という名刺、テレビディレクターの名刺、どれも、偽名を刷り込んだ。N探偵社員では、警戒する相手も、新聞記者やテレビディレクターの肩書きには、安心して喋るだろうし、税務署員なら、こわもてがする。確かに、調査テクニックとしては、面白いが、サギ行為だった。新入りの調査員は、たいてい、最初、尻込みをした。社長の竹田も、不思議に強制はしなかった。が、ニセ名刺を使わずにやると、調査は、なかなかはかどらず、生活していくだけの歩合給が取れないことも事実だった。

だから、新入りの調査員も、いつの間にか、ニセ名刺を使うようになっていった。それに、良心の苛責《かしやく》などというものは、一時的なものである。

社長の竹田は、「正確な調査よりも、依頼主に喜ばれる調査をしろ」ともいった。例えば、娘の結婚に反対の母親が、相手の男を調査してくれと頼みに来ることがある。母親としては、正確な人物調査よりも、娘を諦めさせるような報告書が欲しい。そんなときには、男の小さな欠点を、針小棒大に報告書に書き込めというのである。依頼主の母親は、正規の料金の他に、礼金を払う筈だというわけだった。勿論、その礼金の八割は、会社の収入ということになった。

だから、誓約書に書かされた「不正を働かないこと」というのは、社会のモラルに反しないことという意味ではなく、会社を裏切るなという意味だった。

竹田は、会社の収入が増える限り、調査員が、どんなやり方をしようと文句をいわなかったし、サギ行為を奨励したりもした。だが、調査員が、礼金全部を自分のふところに入れたりすると、不正を働いたということで、即刻、馘《くび》にし、他の社員への見せしめの積りか、「何某は、不正を働き、会社に多大な損害を与えたので、馘首した」と書いた貼紙を、一ヵ月間くらい壁に貼り出した。

こんな空気に耐えられなくなって、辞めていく者も何人かあった。

N探偵社には、常時三十人くらいの調査員がいたが、月に、四、五人の割りで辞めていった。だが、すぐ、補充の新入社員が来た。勿論、いずれも三十代から四十代の男で、その度に、竹田は、日下部たちにしたように、脅迫めいた訓示をした。

日下部と一緒に入った仲間も、二ヵ月もしないうちに、三人辞めていった。

日下部にとっては、そんなN探偵社の空気が好ましかった。他の調査員が、「ここは、人生の敗残者の吹き溜《だま》りだな」と、自嘲的にいうのを、日下部は、ニヤニヤ笑いながら聞き流していた。彼等は、自分が宝の山にいるのに気がつかないのか、それを認めるだけの勇気がないかのどちらかだと、日下部は、思っていた。

ただ、日下部にとって誤算だったのは、大金を恐喝できそうな調査に、なかなかぶつからないことだった。

確かに、調査員の仕事は、他人の秘密を探ることだったが、金になりそうな秘密というのは、意外に少ないのである。それに、恐喝をやるのなら、一獲千金でやりたかった。十万単位のケチな恐喝はやりたくなかった。そんな小さな仕事で、警察に捕まったのでは、何のために、N探偵社に入ったのかわからなくなってしまう。

身上調査といって、企業側から、採用を内定した学生の思想調査を頼まれることがある。そんなとき、学生の親に会って、有利な報告書を書いてやると持ちかければ、二、三十万の金は手に入れられたが、日下部は、見送って、もっと大きな仕事が廻ってくるのを待った。

日下部は、N探偵社で一番古株といわれる秋山という調査員に近づいた。四十二歳で、内臓の悪さがすぐわかるほど、むくんだどす黒い顔つきをしていた。いかにも、気の弱そうな男だったから、日下部は、内心軽蔑していたが、どんな調査依頼があるのか、それを聞きたかったから、こちらから親しくしていっただけのことだった。

日下部は、秋山を、時々、酒に誘った。その度に、秋山は、

「肝臓が悪いんだがねえ。酒がやめられないんだ。やめれば身体にいいこともわかっているし、女房もやめてくれというんだが、やめたら、おれは、精神的に参っちまうような気がしてねえ」

と、泣き笑いの表情を作った。おれは、もともと、他人の秘密を探り廻るような仕事に向いていないんだともいった。

「その点、君は、この仕事を楽しんでるように見えるな」

と、秋山は、不思議なものでも見るように、日下部を眺めた。

日下部は、秋山に酒をすすめながら、ニヤッと笑った。

「金の成る木の傍にいて、泣きごとをいう筈がないじゃないですか」

と、日下部がいうと、秋山は、ぴくッと肩をふるわせた。

「君は、まさか、警察沙汰になるようなことを考えてるんじゃゃないだろうな？」

「秋山さんだって、金は欲しいんじゃないですか？」

日下部が、きき返すと、秋山は、急に酔いがさめてしまったような、蒼白い顔になった。

「そりゃあ、欲しいさ。だが、おれには勇気がないんだ。おれだけじゃない。他の連中だって、インテリヤクザだみたいに自分のことをいってるが、本当の悪党には、なり切れないんだ」

「百万円を恐喝して、警察に捕った奴もいるじゃありませんか？」

「宮田のことか。馬鹿な男だが、おれより勇気があるかも知れないな」

「僕が、同じことを、もっと上手くやりたいといったら、どうします？」

日下部が、笑いながらきくと、秋山は、気弱そうに、眼をパチパチさせてから、

「おれには、何もいえないよ。そんなことを、ずばずばいえる君が、羨やましいん

だ。ただ一つだけ、忠告させてくれないか」

「どんなことです？」

「おれたちに、仕事を回してくる冬木美佐子には、気をつけろよ」

「あの女が、どうかしたんですか？」

日下部は、男好きのする冬木美佐子の顔を思い出しながらきいた。N探偵社では、調査の依頼主が、調査員と直接会うのを禁じていた。会社に内緒で、調査員が闇取引きをするのを防ぐためだった。そのために、窓口には、冬木美佐子という女事務員が座り、彼女が受付けた仕事を、カードに書いて、調査員に回してくれることになっていた。

「あの女は、社長の二号だよ」

と、秋山はいった。日下部は、その言葉に、「へえ」と、思い、老人にしては、精力的な竹田の赧ら顔を思い浮べた。

「成程ねえ」

「社長は、あの女に、おれたちを監視させているのさ。宮田の恐喝がバレたのも、あの女にすけべ根性を出して、大金が入ったら一緒になろうなんて誘ったのが、原因だということだ。だから、君が何をやっても、おれはとめないが、あの女には、注意しろよ」

秋山は、また、酔いの回ってきた顔になっていい、そのあとで、急に口を押さえて路地に飛び出し、ポリバケツの横にしゃがんで、ゲエゲエやり出した。

4

秋山が、肝硬変で死んだのは、三日後だった。いかにも、この男らしい、寂しくあっけない死に方だった。冬木美佐子に注意しろというのが、秋山の遺言になってしまったわけだが、日下部は、その忠告を守る代りに、反対のことをした。

日下部は、冬木美佐子に対して、小きざみに当りをつけてから、バーに誘った。ポッテリとした腰つきから見て、竹田みたいな老人で満足できる筈がないとふんだからである。

美佐子は、かなり酒が強かった。酔いが回ったところで、日下部がホテルに誘うと、彼女は、そのままついて来た。ベッドに押し倒すと、彼女の方から積極的にむしゃぶりついてきた。

「おれに、いい仕事を回してくれよ」

と、日下部は、美佐子の腰を抱き、耳に口を寄せていった。

「いい仕事って？」

「成功報酬のついた仕事さ。君にも、礼はするよ」

「前にも、同じことをいった人がいたわよ」

「宮田とかいう馬鹿か。おれは、あんな詰らない真似はしないさ。ちゃんと、八割は会社に納めて、君に恥はかかせないよ」

「今、三十万の成功報酬のついた仕事が来てるわ」

「悪くないな」

「それを、あんたに回してやったら、いくらくれる？」

「調査が成功して、おれの取り分は、二割の六万か。二万円でどうだい？」

「半分の三万。それなら、回してあげるわ」

「がめついねえ」

と、日下部は、笑ってから、ＯＫだと肯《うなず》いた。勿論、日下部には、三十万の成功報酬など、問題ではなかった。彼が興味を引かれたのは、依頼主が、三十万も、別に払うことの方だった。それは、二つのことを意味していた。依頼主が、かなりの金持だということ、込み入った事情があるに違いないことである。どちらも、恐喝の条件になりそうだった。

翌日、その物件が、日下部の手元に回ってきた。

素行調査だった。

調査の依頼主は、西尾文江という三十六歳の人妻で、夫の素行を調べて貰いたいというものだった。

夫の西尾晋太郎《しんたろう》の職業は、西尾興業社長になっていた。一日の大体のスケジュールは、午前九時から十時にかけて出社。傘下《さんか》のボウリング場やゴルフ場を廻ることもある。帰宅は深夜のことが多く、東京都内に二号を囲っている可能性があるので、その女の名前と、西尾との関係を調べて欲しいというのである。

日下部は、会社から借りた小型のテープレコーダーとカメラを持って、西尾晋太郎の尾行を始めた。もし、二号がいたら、その女の名前を突きとめ、西尾と抱き合っている証拠写真でも撮れれば、それで調査は終り、三十万の成功報酬が貰えるのだが、日下部は、勿論、そこで終らせる気はなかった。

尾行は、本職の刑事でも辛い仕事らしい。まして、むらっ気の強い日下部には、嫌な仕事だったが、大金を手に入れられるかも知れないという思いが、彼に、それを耐えさせた。

単調な尾行が、一週間続いた。その間、西尾は、特定の女には近づかなかった。夜は、銀座のバーやナイトクラブに行くことがあったが、そういった場所には、彼の女はいないようだった。調査費の少い日下部は、西尾がナイトクラブに入ってしまうと、外で、じっと張込むより仕方がなかったが、そんなとき、日下部は、西尾の資産をあれこれ計算して時間を潰した。経営するボウリング場が四ヵ所、ゴルフコース二ヵ所、他にもかなりの土地を所有しているから、全資産は十億円を超えるだろう。秘密をつかんで、うまく恐喝すれば、百万単位、いや千万単位の金が手に入るかも知れない。

八日目の夜になって、西尾は、少し違った行動を取った。

西尾を乗せた車は、銀座のネオン街に向う代りに、逆の方向に向ったからである。日下部がタクシーで追うと、西尾は、中野のマンションの前で、車をおりた。

西尾は、一寸、左右を見廻してから、足早やにマンションに入って行った。日下部も、そのあとに続いた。エレベーターの中では、顔を突き合わせてしまったが、日下部の方で、わざと見つめてやると、西尾は、眼をそらせてしまった。

西尾は、最上階の十一階でおりた。日下部も、同じ階でおり、廊下を西尾と逆の方向に五、六歩あるいて見せてから、ひょいと振り向いた。

西尾は、一つの部屋に入ろうとしていた。彼の姿が、その部屋に消えるのを待ってから、日下部は、足音を忍ばせて、近寄ってみた。

一一〇五号というのが、その部屋の番号だった。表札は出ていなかったが、それがかえって、女の部屋の感じだった。ドアに耳を寄せてみたが、中の様子はわからない。

日下部は、エレベーターに戻り、一階にある管理人室をのぞいた。中年の管理人が、退屈そうに芸能週刊誌を読んでいた。

日下部は、何種類かの名刺の中から、テレビディレクターの肩書きのついたインチキ名刺を選んで差し出した。管理人は、「へえ」と、芸能週刊誌の続きを読んでいるような表情になった。

日下部は、相手に煙草をすすめてから、

「実は、今、うちの局で新しい連続ドラマを企画していましてねえ。そのヒロインにふさわしい新鮮な女性を探していたんですが、今日、この近くで、ぴったりの人を見つけたんですよ。声をかけようとしたら、ここへ入っちまいましてねえ」

「ほう」

「一一〇五号室の女性なんだが――」

と、日下部が、ハッタリでいうと、管理人は、

「小川さんなら美人ですからねえ」

と、すぐのってきた。やはり、あの部屋の住人は、女性だったらしい。

「小川？」

「ええ。小川治子さんですよ。年齢は、確か二十三じゃなかったかな」

「何をしている人です？」

「女子のプロボウラーですよ」

管理人は、ボールを転がす真似をして見せた。成程ねと、日下部は思った。西尾は、ボウリング場の経営者だ。小川治子は、そこの専属ボウラーなのだろう。

日下部は、わざと名刺を置き忘れて、マンションを出た。恐らく、あの管理人は、早速、一一〇五号の小川治子に、テレビディレクターが来たと告げるだろう。そうしておいてくれた方が、あとで、女に会い易い。

日下部が、探偵社に戻ると、がらんとした部屋に、篠原《しのはら》という最近入った調査員が、一人で報告書を書いていた。珍しく二十代の男で、青白い顔の大人しそうな男だった。日下部を見ると、

「社長が、さっきから、日下部さんを探してましたよ」

と、いった。日下部は、黙って肯くと、社長室へ顔を出した。

社長の竹田は、ひどく不機嫌だった。

「まだ、素行調査の結果は出ないのかね？」

と、竹田は、日下部を睨んだ。

「どうも、本人が女に会いに行きませんから」

「とにかく、早くやるんだ。依頼主の方は、急いでいるんだ。三十万も成功報酬がつく物件なんて、そうザラにあるもんじゃないからな。まさか、わたしに内緒で、変な取引きをしているんじゃあるまいな」

「とんでもありません」

日下部が、大袈裟《おおげさ》に否定して、部屋に戻ると、篠原が、妙に熱っぽい眼で、彼を見上げて、

「日下部さんは、たいしたもんですねえ」

「何が？」

「社長の怒鳴る声が、ここまで聞こえましたよ。僕なら、ふるえ上っちゃうのに、日下部さんは、平気な顔をしているじゃありませんか」

「君も、そのうちに馴れるさ」

と、日下部は、笑って、探偵社を出た。

5

翌日。日下部は、西尾の尾行をやめて、まっすぐに、中野のマンションへ足を運んだ。

一一〇五号室のベルを押すと、しばらく待たされてから、ドアが開き、若い女が顔を出した。管理人のいうとおり確かに美人だった。スタイルもいい。今、女子プロボウラーは芸能人に近い扱い方をされているが、容姿だけなら、この女は、第一線の芸能人に引けを取らないだろう。

日下部が、テレビディレクターの名刺を差し出すと、彼女の顔に微笑が広がった。明らかに、管理人が、昨日のことを話したのだ。そして、日下部の期待どおり、小川治子は、自尊心をくすぐられて、いい気分になっているようだった。

日下部は、テレビディレクターの仕事がどんなものか知ってはいない。が、相手も知りはしないのだ。それに、西尾との関係さえつかんでしまえば、ニセモノとバレても構わないのである。日下部は、芸能週刊誌で得た知識を並べて誤魔化し、小川治子の美しさを、めちゃくちゃに賞めあげた。それで、治子は、十分に満足したようだった。

「おビールでも」

と、治子が、ダイニングキッチンに立つと、日下部は、素早く立ち上って、寝室をのぞいてみた。

男物の背広でもあったら、それを写真に撮《と》ってと思ったのだが、見当らなかった。しかし、それよりいいものが眼に入った。ベッドの傍のテーブルに、西尾と小川治子の写真が飾ってあったからである。海で、夏、撮ったものらしく、ビキニ姿の治子を、西尾がニヤニヤ笑いながら抱き上げていた。

「おつまみは、何がいいかしら？」

と、いう小川治子の声を聞き流しながら、日下部は、その写真をポケットに放り込み、足音を忍ばせて廊下に抜け出した。

日下部は、その足で、西尾興業を訪ねた。

受付で社長に会いたいと告げると、最初は断わられたが、女子プロボウラーのことでというと、三階の社長室に通された。

西尾は、探るような眼で、日下部を眺めてから、

「君だな。治子を欺《だま》して、写真を持って行ったのは」

と、いった。日下部は、ニヤッと笑った。

「やっぱり、彼女から連絡があったようですね」

「人の物を盗めば泥棒だぞ」

「そう思うんなら、警察に電話なさったらどうです？」

日下部が、笑いながらいうと、西尾は、急にひるんだ表情になって、

「君は、何者だ？」

「正直にいうと、僕は、私立探偵です」

「成程ね。文江が傭ったんだな？」

「そうです。あなたに女がいるという確証をつかんでくれたら、三十万の成功報酬を出すといっていますよ。僕は、あなたを尾行して、小川治子を見つけ、証拠の写真を手に入れた。これを持って行けば、あなたの奥さんは、三十万払ってくれる筈です」

「じゃあ、何故、そうしなかったんだ？」

「馬鹿らしいからですよ。三十万貰ったところで、そのうちの八割は会社に取られてしまって、僕が貰えるのは、二割の六万円でしかないですからね」

その半分も、冬木美佐子に取られてしまうのだが、そのことは口にしなかった。

西尾の顔に、ほっとした表情が流れるのを、日下部は見た。どうやら、予想したとおりに進みそうだった。

「あの写真が、奥さんの手に入り、離婚訴訟でも起こされたら、あなたは、間違いなく、全財産の半分は、奥さんに持って行かれる。恐らく、奥さんも、そのために、三十万も出して、証拠を手に入れようとしたんでしょうな。どう考えても、愛情からとは思えませんからねえ」

「それで、わたしに、どうしろというんだね？」

「写真と、僕の良心を買って貰いたいんですよ」

「写真はわかるが、良心というのは何だね？」

「僕は、依頼主の奥さんと、探偵社の両方を裏切ろうとしているんですよ。良心が痛みますねえ。ひどく――」

「君の良心ねえ」

西尾は、苦笑した。

「いかがです？　写真と僕の良心を買ってくれませんか？」

「いくらだね？」

「二千万」

「馬鹿な。頭がどうかしてるんじゃないのか」

「正気だし、控え目にいった積りですよ。あなたの財産は、少くとも十億円は下らない。奥さんが、あの写真を手に入れたら、離婚のとき、半分の五億円は持っていかれますよ。それを考えれば、二千万ぐらい安いもんじゃありませんか。お望みなら、奥さんの方には、いくら調査しても、ご主人に女はいなかったと報告を送っておきますよ」

「――――」

西尾は、腕を組み、黙って考え込んでしまった。日下部は、足を組み、煙草に火をつけた。こんなときは、答を催促せず、待った方がいい。

西尾が、ゆっくりと、組んでいた腕を解いた。

「よろしい。二千万で、あの写真と君の良心を買おう。ついでにどうだね？　あと一千万欲しくないかね？」

6

「あと一千万？」

日下部は、ポカンとして、西尾を見た。

西尾が微笑した。今まで、日下部のリズムで事が運んでいたのが、西尾のリズムに変ってしまった気配がした。

日下部は、わざと、ゆっくりと吸殻を灰皿でもみ消した。相手のペースに巻き込まれたら、恐喝は成功が難しくなる。

「その一千万は、何のことですかね？」

「正直にいえば、わたしは、家内を愛していない。というより嫌いだ。出来れば、今すぐにでも別れて、治子と一緒になりたいと思っている」

「成程ねえ」

「だが、今、わたしの方から離婚話を持ち出したら、欲張りな家内のことだから、財産の半分どころか、全財産だって要求しかねない。君に素行調査を頼んだのは、家内の方で、先手を取ったんだろう。確かに、君のいう通り、あの写真を持ち出されて、離婚訴訟にでもなれば、財産の半分は持って行かれてしまう。あんな女には、一円だってやりたくないんだ」

「それで、あと一千万は、何をやれば貰えるんです？」

「今度は、わたしのために、家内のことを調べて貰いたいんだ」

「成程ねえ。奥さんに男がいるのがわかれば、簡単に離婚ができますからね」

「家内に男はいないんだ」

「え？」

「家内に男はいない。あの女は、用心深い女だからな。男を作ったら、離婚のとき金が手に入らないと知っているから、貞淑な妻のポーズを取り続けているんだ」

「じゃあ、僕が素行調査をしても、何にもならないじゃありませんか？」

「ただの素行調査に、誰が一千万も払うかね」

「じゃあ、何をしろというんです？」

「治子に聞いたんだが、君は、嘘をついて女をくどくのが、なかなか上手いそうじゃないか」

「――――」

「それに、君は悪党だ。家内をくどくぐらいは、造作もないだろう。つまり、家内に男がいるという証拠を作って貰いたいのだよ」

「成程ね。少しずつわかってきましたよ」

「悪党の君なら、平気で出来る筈だ。まず、たびたび家内を訪ねる。口実は君が考え給え。そうすれば、いやでも、家内に男がいるという噂が立つ。それから後は、君の腕次第だ。家内を裸で追い出せるような証拠を作ってくれたら一千万払う。どうだね？」

「僕が嫌だといったら？」

日下部がきくと、西尾は、葉巻を取り出して火をつけてから、

「それは君の自由だ。ただし、あの写真と、君の良心の代金を払わんよ」

「しかし、あの写真が、あなたの奥さんの手に入ったら――」

「ああ。わかっているよ。家内に財産の半分は持っていかれるだろうね。だが、その場合、君はいくら手に入るんだったかね？　家内が払う成功報酬は確か三十万だったな。君には、そのまた二割の六万円か」

「――――」

「どうしたんだね？　さあ、あの写真を家内に渡して、端金《はしたがね》を手に入れ給え」

西尾は、冷たく、突き放すようないい方をした。

日下部は、狼狽した。ついさっきまで、彼が西尾を脅迫していたのに、今度は逆に、西尾が、日下部を脅迫しているのだ。

日下部の顔が蒼ざめた。今更、六万円の端金で満足できるわけがない。そのうちの三万を、冬木美佐子にリベートとしてやらなければならないとすれば、猶更だった。

「わたしは忙しい。決めるなら、早くして欲しいね」

と、西尾は、追い撃ちをかけるようにいった。

「ＯＫ。その仕事、引き受けましょう」

と、日下部は肯いた。西尾の顔に微笑が浮んだ。

「君は賢明だ」

「すぐ始めますか？」

「いや、二、三日待ってから始めてくれ。わたしは、そのうちに、理由をつけて、一週間ばかり旅行に出かける。一人になれば、家内も気を許して、君の仕事もやりやすくなるだろうからね」

「成程ね。あなたも賢明だ」

「念を押すようだが、わたしが欲しいのは、家内に男がいるという証拠だ。あの写真のようなね。それが手に入れば、二千万プラス一千万を払うよ。それまでは、一円も払わん」

「こちらも、あの写真は返しませんよ」

「いいだろう。ところで、探偵社と家内にはどう報告するのかね？」

「勿論、あなたは品行方正な夫だと報告書に書きますよ」

「ありがたいね」

と、西尾は、微笑してから、

「君がいる探偵社には、君のような優秀な人間ばかり揃っているのかね？」

と、皮肉なきき方をして、日下部を苦笑させた。

7

日下部は、西尾晋太郎には女はいないという報告書を作った。その報告書は、社長の竹田も、依頼主の西尾文江も喜ばせなかった。

竹田は、成功報酬が入らなかったということで腹を立て、西尾文江の方は、離婚の際の武器が手に入らなかったことで腹を立てたのである。冬木美佐子は、成功報酬が払われなかったにも拘らず、リベートの三万円を日下部に要求してきた。日下部は、大事の前の小事と自分にいい聞かせ、なけなしの金の中から、三万円を美佐子に渡した。

三日後、西尾は、一週間の予定でハワイに出かけた。空港から日下部にかかってきた電話で、西尾は、「ゴルフコースの視察ということにしているんだがね。帰国したときいい知らせが待っていて欲しいね」と笑った。

次の日から、日下部は、二千万円プラス一千万円を手に入れるための作戦を開始した。

西尾の邸は、京王線の芦花《ろか》公園駅の近くにあった。邸までの道順や、間取り、それに、西尾文江の性格などは、夫の西尾から聞いていていた。

西尾邸は、すぐわかった。が、日下部は、わざわざ、近くにある煙草屋まで引き返して、西尾邸への道順をきいた。

「ご主人にじゃなくて、奥さんの方に用があってね」

と、日下部は、ニヤニヤ笑いながらつけ加えた。煙草屋のカミさんというのは、お喋りが多いし、その地区の情報交換の場でもある。日下部は、毎日、この店で煙草を買い、西尾文江の噂話をする積りだった。そうすれば、いやでも噂のタネになるだろう。

「あの奥さんは、なかなか発展家だって噂だそうじゃないか」

日下部が、片目をつぶって見せると、煙草屋のカミさんは、「へえ」と、眼を丸くした。

「そんな人なんですか。あの奥さんは」

「そうらしい。それが楽しみで、これから会いに行くのさ」

もう一度、片目をつぶって見せてから、日下部は、西尾邸に向った。

日下部は、門の前に立って、ベルを押し、出て来た女中に、今度は、架空の婦人雑誌の編集長の肩書のついた名刺を差し出した。

「来月創刊の雑誌ですが、グラビア頁に、有名人の家庭という特集をやりたいのです。それで、ぜひ奥さんにお会いしたいのですが」

と、日下部はいった。

どうやら、その言葉が西尾文江の自尊心を擽《くすぐ》ったらしく、簡単に会ってくれた。

文江は、眼に多少の嶮《けん》はあるが、それ以外は、どこにでもいる平凡な三十女に見えた。女子プロボウラーの小川治子に比べれば、遥かに魅力がない。西尾が、治子の方に魅《ひ》かれるのも無理はないと思った。

文江は、指に大きなダイヤをはめ、それを見せびらかすようにしながら、日下部に応対した。

日下部は、ダイヤのあまり似合わない女だなと思いながら、

「ぜひ、創刊号のグラビアを、奥さんの写真と記事で飾らせて頂きたいのですよ」

と、神妙な顔でいった。

文江の顔に、満足気な微笑が浮んだ。「婦人ライフ」などというインチキ雑誌が、創刊される筈がないなどということは、少しも頭に浮ばないらしかった。

「奥さんの他には、政治家のAさん、タレントのBさんの奥さんにも登場して頂く積りです。それで、奥さんからは、新進実業家西尾晋太郎の家庭生活とか、奥さんの内助の功とかを伺いたいわけです。できるだけ詳しいお話が欲しいので、四、五日続けて参上したいのですが、構いませんか？」

「どうぞ。どうぞ」

と、文江は、嬉しそうに、肯いた。取材記者が四、五日も続けて来ることを、別に不思議に思わないようだった。日下部を雑誌記者と信じ込んで、取材されることに虚栄心を満足させているのだろうし、夫の西尾との間が冷たくなっているので、日下部と話すことで退屈をまぎらせようと思ってもいるのだろう。どちらにしろ、日下部には有難かった。

その日は、もっともらしく、西尾晋太郎の人柄などを聞き、それを適当にメモして、日下部は、西尾邸を辞した。

翌日。殆ど同じ時刻に、日下部は、また西尾文江に会いに出かけたが、その途中で、例の煙草屋に寄り、セブンスターを一箱買ってから、

「あの奥さんは、浮気性なところがあるねえ」

と、わざと声をひそめていった。煙草屋のカミさんは、すぐ乗って来て、「本当ですか。お客さん」と、眼を輝やかせた。

「本当さ。初対面の僕に対してさえ、色目を使って来たからねえ。あれは欲求不満なんじゃないかねえ。何でも、ご主人が出張中で退屈しているから、僕に毎日来てくれっていうんだよ」

「へえ。そんなことをですかあ」

煙草屋のカミさんは、膝をのり出してきた。この分なら、今日中に、西尾文江が浮気者だという噂が、この辺一帯に広がることだろう。いや、噂というやつは、尾ひれがつくものだから、変な雑誌記者と彼女が浮気しているぐらいの噂になりかねない。

日下部の狙いもそれだったし、西尾晋太郎も、その方を喜ぶだろう。

西尾邸を訪ねると、文江は、待ちかねたように彼を迎えた。彼女は、明らかに退屈しきっていた。

日下部は、でたらめな話をし、文江を賞めあげた。話をしながら、何気ないそぶりで、彼女の手に触れてみたが、抵抗はなかった。

三日目も、日下部は、西尾文江に会う前に、例の煙草屋に寄った。もう、日下部の方から切り出さなくても、彼の顔を見ると、カミさんの方から、「西尾さんの奥さんとは、どうなってんです？」と、きいてきた。

日下部は、ニヤッと笑って見せてから、

「世間話をしていたら、急に身体を押しつけて来てねえ。向うの手が、こっちの太股のあたりに伸びているのさ。ありゃあ、相当に好きだねえ。こっちも嫌いじゃないけどさ」

と、いうと、煙草屋のカミさんは、ケッケッケッと、下卑た笑い声を立てた。

日下部は、その笑い声に満足した。これでまた、西尾文江の噂が広まるだろう。

この頃から、日下部は、自分を監視しているような、誰かの眼を意識するようになった。

きっと、煙草屋のカミさんが、日下部と西尾文江のことを触れ歩いたので、この近くの人たちが、日下部の一挙一動を見守っているのだろう。日下部は、そう思った。

事態は、だいたい、日下部の計画したとおりに進行しているようだった。西尾文江が、雑誌記者と称する中年男を、毎日家に引き入れて、彼女の方からモーションをかけているらしいという噂は、この辺一帯に広まる筈だ。

だが、これだけでは、西尾晋太郎は満足しないだろう。妻の浮気を証明するようなものを作り出さなければ、西尾は、二千万円プラス一千万円は、払ってくれないだろう。

四日目に、文江に会ったとき、日下部は、

「明日は、カメラマンを連れて来ますから、写真を撮らせて下さい」

と、いった。

「ええ。私みたいなお婆さんでよろしければ」

文江は、微笑した。日下部は、「とんでもない。奥さんみたいな美人はいませんよ」とおだてあげてから、

「ただ困ったのは、カメラマンが、夜にならなければ、来られないのですよ。夜にお伺いしてもよろしいですか？」

と、相手の顔を見た。

「何時頃ならいらっしゃれるの？」

「九時頃なら」

「そうねえ」

と、文江は、ちらりと壁のカレンダーを見た。まだ、夫はハワイから戻らないことを確めたらしい。

「いいわ。いらっしゃい。ただ、変な噂を立てられたくないから、そっと入って来て貰いたいわ」

「ベルなんか鳴らさずに？」

「ええ。玄関はあけておきますよ」

「しかし、女中さんはどうします？　仕事とはいえ、夜、男が訪ねて来たなんて、ご主人に報告されたら困るでしょう？」

「その点は大丈夫よ。あの娘《こ》は通いだから、夕方には帰しておきますよ」

と、文江はいった。日下部は、内心で、しめたと思った。

8

その日の夕方、日下部は、自分のアパートへ戻ると、N探偵社へ電話して、調査員の篠原を呼び出した。

新宿のバーで会うと、篠原は、相変らず、妙に馴れ馴れしい眼で、日下部を見て、

「日下部さんが無断欠勤しているんで、社長はカンカンですよ」

と、いった。日下部は、ニヤッと笑った。

「あんな社長のことは、どうでもいいさ。そんなことより、金儲けの話があるんだが、乗らないかね？」

「しかし、アルバイトは、禁じられていますよ」

「そんなことをいってたら、いつまでたっても、特高あがりの社長の顔色ばかり窺ってなきゃならないぞ」

「本当に、儲かる話なんですか？」

「そうだ。君は、カメラを持っているかね？」

「ええ。高級品じゃありませんが、よく写ります」

「フラッシュは？」

「ついています」

「それなら、申し分なしだ。明日の夜九時に、芦花公園にある西尾という邸の前へ来て貰いたいんだ」

日下部は、手帖に西尾邸の地図を描き、それを破いて、篠原に渡した。篠原は、ちらりと、地図を眺めてから、

「そんな夜おそく、人の家を訪ねてどうするんです？」

「夜九時に、その邸の奥さんと会う約束がしてある。おれは、雑誌記者ということに

なっているんだ。君は、同じ社のカメラマンだと紹介する。話の途中で、おれが強引に奥さんを抱いてキッスするから、君は、それを写真に撮るんだ」

「それで、金になるんですか？」

「ああ。なる。上手《うま》く撮れていたら、十万、いや二十万やるよ」

「――」

篠原は、黙って考えていたが、急に、ニヤッと笑って、「やりましょう」といった。

翌日は、夜に入っても、妙に蒸し暑かった。

西尾邸の近くの暗がりに、篠原が先に来て、日下部を待っていた。昨日は、ニヤッと笑って引き受けたのに、今夜は、蒼白い顔をしているのを見て、日下部は、気の小さい奴だなと苦笑し、元気づけるように、篠原の肩を軽く叩いた。

二人は、足音を忍ばせて邸の中に入った。

日下部が先に立って、居間に進み、「奥さん」と、呼んだ。明りがついているのだが、返事がない。

（おかしいな）

と、首をかしげ、居間を見廻したとき、床に倒れている文江の姿に気がついた。着物の裾が乱れ、首が、折れたみたいに曲っている。

「奥さん」

と、声をかけて、抱き起こしたとき、日下部の眼の前で、フラッシュが光った。

9

羽田におりた西尾晋太郎は、税関を出たところで、

「お帰りなさい」

と、若い男に声をかけられた。

西尾は、じろりと、その男を見てから、

「ああ。君か」

と、肯き、空港近くのレストランに相手を誘った。

「君に頼んだ日下部の監視は、してくれていたろうね？」

西尾がきくと、篠原は、ニヤッと笑った。

「それ以上のことをやりましたよ」

「それ以上のこと？」

西尾が首をかしげると、篠原は、ポケットから新聞を取り出して、相手の前においい

た。

「まあ、それを読んで下さい」

西尾は、黙って、新聞を広げた。

〈探偵崩れが、人妻を殺害。尾行の私立探偵が、証拠写真を撮る〉

その見出しが、西尾の眼に飛び込んできた。しばらく無言が続き、眼をあげたとき、西尾の顔が、かすかに蒼ざめていた。

「これは、どういうことなんだ？」

「その記事のとおりですよ。あなたにとって、こんなに好都合なことはないでしょう。煙たかった奥さんは死んだし、あなたを恐喝していた日下部さんは、殺人犯として警察に逮捕されたんですからね」

「君が殺したのか？」

「それは、あなたが考えなくていいことですよ」

「しかし――」

「僕とあなたの利益が、一致しただけのことですよ」

「何のことだ？」

「あなたには、奥さんが煙たい存在だった。僕には、日下部さんが消えてくれた方が有難かった。だから、両方を一度に片付けただけのことですよ」

「日下部が消えてくれた方がいいというのは、どういうことかね？　同じ探偵社で働いていたんだろう？」

「わかりませんか？」

と、きき返してから、篠原は、ニヤッと笑った。

「僕も、特高あがりの社長にこき使われてるのが嫌になったんですよ」

「わたしには関係のないことだ」

「そんなことはありませんよ。あなたは、日下部さんにタダであんなことさせたわけじゃないでしょう？　金を払う筈だったんでしょう？」

「――――」

「僕は、あなたが、何故、奥さんの浮気の証拠写真を欲しがるのか考えてみましたよ。結論は一つしかなかった。奥さんと離婚するため、それも、財産をやらずに。ところで、あなたの財産は十億円をくだらない。この二つを重ね合わせれば、日下部さんが、どの位の金をあなたに要求していたか、大体の想像がつきますよ。それを、僕が引きつぐ積りですよ。だから日下部さんが消えてくれないと困ったというわけです」

「驚いた男だな」

「まず、二千万は頂きたいですね。いや、三千万は、貰いたいですね」

「わたしが嫌だといったら、君はどうする積りだ？　何も出来まい。文江を殺したのは君で、わたしには、ハワイにいるというアリバイがあるのだからね」

「そういうだろうと思いましたよ」

と、篠原は、苦笑してから、ゆっくりと煙草を取り出して火をつけた。

「僕がどうするか教えましょう。まず、警察へ行って、僕が奥さんを殺した犯人だといいますよ。警察は、当然、理由を聞くでしょう。僕と奥さんの間には、何の利害関係もないのですからね。そこで、僕は、こう説明します。あなたに頼まれて奥さんを殺したのだとね」

「そんなことを、警察が信じると思うのか？」

「日下部さんの存在を忘れては困りますよ。殺人犯にされるかどうかの瀬戸際だから、必死になって、あなたが、奥さんとわかれたがっていたことを喋るに違いない。それに、あなたに女子プロボウラーの女がいたことも」

篠原は、ポケットから、小川治子を抱いている西尾の写真を取り出して、テーブルの上においた。

「これは、日下部さんのアパートから、無断で拝借してきたんですが、きれいな女ですねえ。あなたが、奥さんを煙たがるのも無理はありませんよ。警察も、当然、そう思うでしょうね。そうなると、ハワイ行のアリバイを、かえって、うさん臭いと、警察は考えるようになりますよ。人に頼んで、奥さんを殺させると、懲役何年ぐらいになりますかねえ？」

「わかったよ」

と、西尾は、肩をすくめ、内ポケットから小切手帖を取り出した。三千万円と書き込んで、篠原に渡してから、西尾は、急に皮肉な眼つきになった。

「N探偵社には、君みたいに優秀な人間が、他にもいるのかね？」

と、きいた。

密告

1

刑事を何年やったって、死体を見るのは嫌なものだ。もっとも、平気で死体をいじり回せたら、私は、刑事にならずに外科医になっていたろう。そうしたら、今頃は、快適な別荘の一つも持てていたかも知れない。

だが、因果なことに、捜査一課の刑事をやっている限り、死体とは縁が切れない。それも、むごたらしく殺された死体とだ。

今夜も、私は、背中にナイフを突き立てられた死体にお目にかかっていた。

場所は、副都心新宿の馬鹿でかいホテルの十六階のダブル・ルームだ。

仏さんは、そのダブル・ベッドに、俯《うつぶ》せに死んでいる。凶器のナイフは、どこにでも売っている登山ナイフ。

血が、細かな模様入りのワイシャツを赤く染めている。

私は、指で触ってみた。血は、ほとんど乾き、変色している。死後、少くとも一時間は過ぎているだろう。

(上等なワイシャツが台無しだ)

と、私は思った。生地もいいし、袖口には宝石入りのカフスボタンが光っている。

私は、残念ながら、こんな上等のワイシャツを着たことがない。若くてスマートな体形なら、出来合いでも、気のきいた柄《がら》のものがあるが、あいにくと、私は、首回りが四十二の猪首の上に、首の太いわりに腕が短い。だから、家内は、ワイシャツ探しが大変だと、いつもこぼしている。やっと見つけて買ってきたのは、たいてい袖が長いから、私は、袖口を折り返して着ていることが多い。そういえば、ここ四、五年、カフスボタンなどという洒落《しやれ》たものをしたことがなかった。

ホテルの宿泊カードでは、仏さんの名前は、山田太郎、四十歳。住所は、世田谷区桜上水――番地となっている。郵便貯金のPRに使われそうな名前は、どうせ偽名だろうと思ったら、案の定だった。部屋のハンガーにかけてあった上衣には、「伊知地」のネームがあった。ワイシャツにも、「S・I」のイニシャルが刺繍してあった。どうやら、こちらが、本名のようだ。

上衣の内ポケットから出てきた財布には、一万円札十二枚に千円札が六枚入っていた。仏さんがサラリーマンで、これが一ヵ月の小遣いだとしたら、かなり恵まれた男だ。ただし、身分証明書も名刺も見つからなかった。最初からなかったのか、犯人が持ち去ったのか、今の段階では、何ともいえない。

「主任」

と、岸井刑事が、私を呼んだ。私は、若い部下を振り返った。若さというやつはいいものだと、私は、彼を見るたびに、羨ましくなる。まだ、挫折ということを知らない眼が、キラキラと輝いている。私の眼は、多分、疲労で濁っているだろう。昨夜、詰らないことで、妻とやり合った。その後遺症だ。中年になると、寝不足はこたえる。

「フロントの責任者を連れて来ました」

と、岸井刑事が、私にいった。

2

きちんと蝶ネクタイをしめ、胸に「井上」の名札をつけたフロント主任は、被害者がチェック・インしたのは、昨日、土曜日の午後二時で、明日の月曜日にチェック・

アウトの予定になっていたといった。

「最近は、東京の人間が、東京のホテルに泊るのが流行《はや》っているのかね？」

と、私がきくと、フロント主任は、ニヤッと笑って、

「よくございます。S・Kさんなど、当ホテルのダブル・ルームを一ヵ月間、ご予約になっていらっしゃいます」

と、有名なテレビタレントの名前をあげた。なぜ、妻子のあるタレントが、ホテルのダブル・ルームを一ヵ月も予約しておくのか、ヤボな私にだって、想像がつく。

「なるほどね。すると、あの仏さんも、女に会うために、この部屋を借りたというわけかい？」

「私どもは、女の方が入るのは見ておりませんが、部屋を予約なすったのは、女の方です。電話を下すったのは、一昨日の午後でございます」

「若い女のようだったかい？」

「はい。ただ、電話ですので、何歳くらいということは、わかりかねますが」

「部屋に、所持品らしいものが何もないが、仏さんは、手ぶらで来たのかい？」

「はい。鞄の類は、お持ちでなかったように覚えております」

「死体を、最初に発見したのは？」

「私どもでは、午前十時から部屋の掃除を始めます。係りの者が、その部屋の前に来ますと、起こさないで下さい《ドント・ディスターブ》の札がドアにかかっておりましたので、この部屋は抜かして、他の部屋の掃除をすませました。ところが、夕方になっても、同じ札がかかったままで、外出なさった様子もございませんので、係りの者が、心配して、私にいって来たのです。この近くのホテルで一ヵ月前に自殺未遂があったものですから心配になりまして、私が、何回も、ドアをノックしてみました。それでも返事がないもんですから、マスター・キーで開けてみましたら――」

フロント主任は、言葉を切り、死体に、ちらっと眼をやってから、

「それで、あわてて、警察に電話したわけです」

「ちょっと、佐々木さんよ」

と、鑑識の飯島技官が、私の肩を叩いた。

「お話中失礼だが、そこをどいてくれねえかな。部屋全体の写真を撮っておきたいんでね」

私は、フロント主任を帰してから、飯島技官に、

「指紋は出そうかい？」

「さあね。あまり期待しない方が、よさそうだね」

「なぜ？」

「ナイフの柄からは、指紋は出なかったよ。犯人は――」

「手袋をして、ぐさりとやったか？」

「まあね。とすりゃあ、犯人の指紋は、見つからない方に賭けた方が無難というものさ」

死体が、解剖のために、部屋から運び出されて行った。

「ヤスさん」

と、私は、ベテランの安田刑事を呼んだ。

「宿泊カードにあった住所も、多分、でたらめだろうが、念のために当ってみてくれ」

「わかりました」

小柄だが、頭の回転の早い安田刑事が飛び出して行った。

鑑識は、まだ、部屋の中を這い回って、指紋を検出している。その中から、飯島技官が、手に光るものを持って、私の方に歩いて来た。

「あんたへのプレゼントだ」

「何だい？」

「ベッドの下に落ちていたのさ。バッジだよ」

確かに、何かのバッジだった。銀メッキがしてあって、魚の形のところへ、「T・F・C」と彫ってある。これが、被害者のものなら、身元を割り出す手掛りになるかも知れない。

3

宿泊カードの住所は、やはりでたらめだったが、バッジの方から身元が割れた。魚の形をしたバッジは、東京釣り連盟《トウキヨウ・フイツシング・クラブ》のもので、被害者は、このクラブの役員、伊《い》知地三郎《ちじさぶろう》、四十歳とわかったからである。

自分で、従業員三十名の会社を経営していて、住所は、同じ世田谷区桜上水でも、番地が違っていた。

それがわかったのが、午後十一時を過ぎてからだった。

今日は、捜査本部に泊り込みになると思い、家へ電話を入れたが、妻の保子が、出る気配はなかった。昨夜の夫婦喧嘩が、あとを引いて、実家へ帰ってしまったらしい。妻の実家が近くにあるのも考えものだ。そちらへも電話しようと思ったが、馬鹿らしくなって、私は、安田刑事を連れて、捜査本部を出た。

車で、深夜の甲州街道を、被害者の家へ向かった。

「ヤスさんは、まだ独りだったね」

「ええ」

安田刑事が、照れ臭そうな顔で頭に手をやった。確か、安田刑事は、三十五歳の筈だ。

「なぜ、貰わないんだい？」

「いい人がいたら、結婚したいですがねえ。主任のところみたいに、優しい奥さんだといいんですが、近頃の女性は怖いですから」

「うちのが、優しいかねえ」

「違いますか？」

「さあね」

私は、あいまいに笑ってごまかした。保子と、結婚して五年になる。熱烈とまではいかなくても、恋愛結婚だった。今でも、もちろん、彼女を愛している。だが、どこかに、しょせんは、他人だという気持が、近頃になって、わいてきたことも否定できない。それは、愛情とは別のことだ。喧嘩している時よりも、むしろ、一緒に食事している時などに、フッと、そんな思いを、一瞬、実感として感じることがある。夫婦というやつは、本当に相手を理解することは、一生出来ないのではないだろうか。

被害者の家に着いた。

豪邸、庭広し。そんな言葉が、ぴったり来るような邸だった。

「でかいねえ」

「羨ましいですねえ」

そんな会話を交わしながら、私は、玄関に取りつけられたベルを押した。

「どなたですか？」

取りすました女の声が、インターホーンから聞こえた。

「警察の者です。伊知地三郎さんのことで、奥さんにお会いしたいのです」

私が、いうと、玄関に、ぱっと明りがつき、和服姿の三十歳ぐらいの女が現われた。それが、伊知地三郎の妻君の美代子だった。

私たちは、広い居間に通された。深々としたソファ、じゅうたんの上に虎の皮の敷かれた床、大理石造りのダンロ。趣味がいいかどうかは別にして、金のかかった部屋であることだけは確かだ。

向い合って腰を下した美代子も、どこか、この部屋に似ていた。金縁眼鏡をかけ、指には大きなダイヤの指輪が光っている。和服の帯止めにも、宝石が輝いている。今、身につけている宝石だけでも、千万単位はするだろう。

私は、自然に、保子のことを考えた。結婚する時、一万円の金の指輪を買い与えただけで、その後、宝石と名のつくものを買ってやったことがない。

「主人のどんなことで？」

美代子が、眼鏡の奥から私を見た。整ってはいるが、冷たい感じのする顔だった。

「ご主人が、亡くなりました。殺されたのです」

「まさか、そんな――」

「今夜、新宿のホテルで、ナイフで殺されているところを発見されたのです」

「そんな筈はありませんわ。主人は、昨日から、仕事のことで、大阪へ行っている筈ですもの」

「ご主人は、そういわれたんですか？」

「ええ。大阪の取引先と仕事のことで会ってくるといっていました。ですから、新宿で殺されたという人が、主人の筈がありませんわ」

「ご主人の服装は、茶色の背広で、ネクタイは、カルダンデザインの茶に白のストライプ。そして、東京釣り連盟の役員をなさっていませんでしたか？」

私がきくと、伊知地美代子の顔色が変った。

「とにかく、私たちと来て、確認して下さい」

と、私はいった。

私たちは、彼女を、遺体のある大塚の警察医務院へ連れていった。解剖まで、死体を収容しておくのは、地下の死体置場だ。ここへ来るたびに、私は、食欲がなくなる。じめじめした空気と、死体特有の匂いに、どうしても慣れることが出来ないからだ。

美代子は、白布をとられた死体を、じっと見つめていたが、ふいに、

「あ、あなたっ」

と、絶叫して、がばっと、死体に蔽いかぶさった。

私は、あっけにとられた。冷たく取りすました彼女からは、およそ想像できなかった発作的な動作だったからである。彼女は、死体に取りすがったまま、肩をふるわせて、激しく嗚咽《おえつ》し始めた。

安田刑事も、戸惑った顔で、美代子の背中を眺めている。

私は、しばらくの間、彼女が泣き止むのを待たなければならなかった。

4

美代子は、夫の伊知地が、なぜ、大阪へ行くと嘘をついて、新宿のホテルに泊っていたか、全く想像がつかないといった。

「ホテルの部屋を予約したのは、若い女の声だったと、フロントはいっているんですが、心当りはありませんか？」

と、私は、きいた。

美代子は、黙って、首を横に振った。眼鏡の奥の眼が、まだ、はれぼったく見える。取り乱したことを恥じるように、俯いて、膝の上で、じっと、ハンカチを握りしめている。

「ご主人には敵はいましたか？」

「いいえ。主人は、どなたにも親切でしたから、敵はいなかったと思います」

「仕事の上でもですか？」

「仕事のことは、私にはよくわかりません。でも、主人が、人に恨まれるなんて考えられませんわ」

「仕事は、順調だったようですか？」

「そう聞いておりました」

「本当に、ご主人の女性関係は、ご存知ないのですか？」

「知りません。女の噂など聞いたこともございません」

ハンカチを握りしめる美代子の指先に、力が入るのが私にもわかった。私は、自分の質問が残酷だとよく知っている。だが、殺人事件である以上、質問しないわけにはいかないし、いや、それどころか、私は、眼の前にいる女が、嘘をついているに違いないと思っていた。因果なことだ。刑事の仕事は、まず、相手を疑ってかかることから始まる。そして、この世の中には、嘘つきが多すぎる。

「信じられませんね」

「何がでしょうか？」

「結婚して、何年におなりでした？」

「十一年です。正直におっしゃって下さい」

「何をです？」

「私が主人を殺したと思っていらっしゃるんでしょう？　違いますの？　警察は、そう信じていらっしゃるんでしょう？」

彼女の言葉には、怒りと悲しみが、混り合っているように聞こえた。どうも、女は苦手だ。

「とんでもない」と、私は、儀礼的に、否定した。

「犯人をあげるために、奥さんに協力して頂きたいだけです」

「それなら、私は、お役に立てませんわ。主人が、誰かに恨まれていたなんて信じられないし、なぜ、新宿のホテルに泊っていたかもわからないんですから。それに、今夜は、もう疲れて倒れそうなんです。これから、どうしたらいいのか、気が転倒してしまって――」

「わかりました。気持が落ち着かれた頃、またお伺いしましょう。ヤスさん。お送りしてくれ」

私は、安田刑事に彼女を送らせたあと、捜査本部の置かれた新宿署に一人で戻った。すでに時間は、午前零時を過ぎている。だが、若者の町は、まだ騒がしい。

私と入れ違いに、血相を変えた若い警官が四、五人、飛び出して行った。

「どうしたんだい?」

と、私は、留守番をしていた岸井刑事にきいた。

「歌舞伎町のバーで、客の一人が、いきなり拳銃をぶっ放して、ホステスが怪我をしたようです」

「やれやれ。一日ぐらい静かな町でいて欲しいがね」

「毛布を用意しておきました。私も泊ります」

「鑑識から何か報告はなかったかい？」

「まだです」と、いったのは、最近結婚したばかりの新田刑事だった。大学時代バスケットの選手だっただけに、百八十七センチのノッポの男だ。

「どうせ、犯人の指紋は見つからなかったんでしょう。見つかっていれば、飯島技官が、今頃、ニコニコ笑いながら電話して来るに違いありませんからね」

「今頃、あの親父さん、くしゃみをしてるだろうよ。ところで、君は、泊り込まなくていい。まだ一ヵ月だろう？」

「正確にいえば、二十八日目です。だが、あいつにも、今から、刑事生活の厳しさをわからせておいた方がいいと思いましてね」

「いうねえ」

「仏さんの奥さんというのは、どんな人です？」

新田刑事は、私に、インスタント・コーヒーをいれてくれながらきいた。私は、砂糖を加えずに一口飲んだ。やたらに苦い。が、おかげで、眠気がさめてくれた。

「面白い女だよ」

「どう面白いんですか？」

「金縁眼鏡をかけ、大きな宝石の指輪をピカピカ光らせている」

「ぞっとしませんね。旦那が浮気するのも当然という感じじゃないですか？」

「ところが、旦那の死体を見た時には、いきなり死体に取りすがって泣き出したよ。泣き止むまで、何も聞けずさ」

「演技じゃありませんか」

「あれが演技だとしたら、彼女の演技は大したものだね。ただし、旦那の浮気を知らなかったといったが、あれは嘘だね。女の直感力というやつは、旦那のちょっとした浮気だって見逃がさないものだからね」

「それは、主任の経験ですか？」

5

翌朝、堅い椅子の上で眼をさますと、雨音が聞こえた。

起き上り、洗面所で顔を洗ってから窓の外に眼をやると、かなり強い雨足だった。

私は雨が嫌いだ。

岸井刑事が、昨日のうちに用意してくれていた菓子パンを食べ、パック入りの牛乳を飲んだあと、家に電話してみたが、妻の保子は出なかった。昨日は、とうとう実家に泊ったらしい。

午前九時を過ぎると、雨の中を、刑事たちが、捜査に飛び出していく。私も、もう一度、伊知地美代子に会った。今日は、喪服姿だったが、金縁眼鏡と、キラキラ光る大きな指輪は、黒い喪服に似合わないような気がした。

私は、服装オンチみたいなものだが、黒い喪服の時には、光る装身具は外すのが礼儀ではあるまいか。どうも、この女は、どこかちぐはぐだ。

「静かですが、あなたの他に、ご家族はいらっしゃらないのですか？」

「子供はおりません」

「お手伝いさんは？」

「欲しいのですけど、最近は、来て下さる方がいなくて」

「昨日は、新宿方面へお出かけになりませんでしたか？」

「やっぱり、私を疑っていらっしゃるんですわね？」

「そういうことはありません。ただ、関係者のことを一応調べるのが、私の仕事でしてね」

「昨日は、あなたが、主人が死んだことを知らせに来て下さるまで一日中家にいました」

「それを証明する者は？」

「いる筈はありませんわ。私一人でしたもの」

「車が二台ありますね」

「はい」

「一台は、奥さんのものですか？」

「ええ」

車で、ここからあのホテルまで、渋滞がなければ十二、三分のものだろう。もちろん、だからといって、彼女を犯人と断定できるものではない。

玄関の方で呼鈴がしきりになり、ニュースで知って驚いたという親戚や知人が押しかけてきた。それをしおに私は伊知地邸を出た。

被害者が経営していた釣具の専門会社のことは、安田刑事が調べて来た。今は不況風が強いが、彼の会社は、営業成績が順調に伸びていて、社員の待遇もよく、社長の伊知地三郎を恨む者はいないようだという。

「なかなか親分肌で、社員を、よく、飲みに連れて行ったりしていたそうです」

「女性関係はどうなんだ？」

「それも聞いてみたんですが、これはという答は返って来ませんでしたね。なかなか男前だし、金離れもいいんで、水商売の女にはもてていたようですが、深くつき合っていた女には、心当りはないというんです」

「しかしね。現実に、若い女の声でホテルの部屋を予約し、そのダブル・ルームで殺されていたんだぜ。女房と会うのに、ホテルを利用する筈がないじゃないか。あんなでかい家があるのにだ」

「私も、そう思って、何度も聞き直してみたんですが、どうも、これはという返事は返って来ませんでした。申しわけないんですが」

「君のせいじゃないさ」

私は、煙草に火をつけた。去年、肝臓をやられた時、医者から禁煙をすすめられたのだが、刑事をやっている限り、煙草はやめられそうにない。

電話が鳴る。受話器を取ると、鑑識の飯島技官の太い声が飛び込んできた。

「香《かんば》しい報告が出来ないんで悪いんだがね」

「わかってるよ。例によって、あの部屋から、犯人のものと思われる指紋は発見できなかったっていうんだろう？」

「その通りさ。灰皿の吸殻も、すべてケントで、吸口についた唾液から、仏さんが吸ったものだとわかったよ。仏さんの血液型は、ＡＢ分泌型だ。まあ、こんなことは、役に立たんだろうがね」

「いえいえ。結構役に立ちますよ。ＡＢ型なら、君と同じだから、多分、相当のヘソ曲りだ」

「よせやい」

ホテルに泊ってからの被害者の行動も、少しわかった。

土曜日の午後二時にチェック・インしたあと、午後七時頃、ホテル内のレストランで夕食をとっている。その時は一人だったといい、フロントは、外出なさった様子はないと証言した。

「そうすると、日曜日の朝食は、どうしたんでしょう？」

若い岸井刑事が、不審そうな顔をするのへ、安田刑事が、笑って、

「土曜日の夜、女がやって来て泊ったとすりゃあ、多分、その女が、食べ物や飲み物を持ち込んだのさ。お忍びの逢引きだったとすれば、一緒に外で食事するわけにはいかないからな」

「しかし、あの部屋には、それらしい遺留品はありませんでしたよ。ビールの空かんも、鮨《すし》折りの残りも」

「女が持ち帰ったのさ」

「すると、その女が、刺したというわけですか？」

「かも知れないし、浮気を知って、妻君が殺《や》ったのかも知れない。それとも、色恋とは全く関係のない奴が殺ったか」

　確かに安田刑事のいう通りなのだが、夕方になっても、そのどれかにしぼることが出来なかった。

　簡単な夕食をとったあとで、外から電話が掛った。

　若い男の声が、

「今度の事件の責任者に話したいことがあるんだ」

「それなら、私だ」

「名前を聞いとこうか」

「佐々木だ。それで、私に何の用だ？」

「おれは、犯人を知ってるんだ。伊知地三郎って社長を殺した犯人をさ」

「犯人を知ってる？」

私の声で、ヤスさんたちが、身を乗り出してきた。

「そいつは誰だい？」

「奥さんだよ。旦那の浮気に気がついて、刺したんだよ」

「証拠はあるのか？」

「あるとも」

「どんな証拠だ？」

「おれが、あの奥さんに、旦那が、出張だと嘘をついて、女に会うために、新宿のホテルに泊っているって電話で教えてやったんだ。そしたら、奥さんが、血相変えて車でホテルへ駈けつけて来たよ」

「君の名前は？」

「そんなこと、どうだっていいじゃないか」

「そうはいかんさ。こっちは、君の証言が正確だという保証が必要なんだ。名前もわからない人間からの電話じゃあ、信用がおけないからね」

「伊藤だよ」

「会いたいね」

「――」

「どうなんだ？」

「あんた一人で来てくれるなら、会ってもいい。これからすぐ、四谷三丁目にある『サンセット』という喫茶店へ来てくれ。そこへ、あんた一人で来て、『週刊中央』をテーブルの上にのせて座っていれば、おれの方から声をかけるよ」

6

雨は止んでいた。私は、指定された通り、「週刊中央」を買い求め、それを持って、四谷三丁目の大通りに面した、「サンセット」という喫茶店に入った。

奥のテーブルに腰を下し、週刊誌を置いて、コーヒーを頼んだ。が、なかなか、電話の主は現われない。三十分もした頃、入口のテーブルに腰を下していた背の高い男が、私の席に近づいて来て、「佐々木さんかい？」ときいた。

「君が、電話の主か？」

「ああ」

と、肯《うなず》いて、男は向い合って腰を下した。二十七、八歳といったところか。ねずみ色のサファリシャツを着、髪は長く伸ばしている。その髪をかきあげるようにしなが

ら、

「おれは、嘘はついてないぜ」

「それなら、なぜ、君は、奥さんに、旦那の浮気を密告したんだ？　まさか、密告が趣味じゃないだろう？」

「伊知地は、おれの女を奪いやがったんだ」

「ほう」

「だから、ちょっとした仕返しをしてやったのさ。だが、まさか殺すなんて思っていなかった」

「詳しく話してくれないか」

「おれは、イラストの仕事をやってるんだ。これは、あまり関係ないんだがな。半年前に、ここで、橋本由紀子って女と知り合ったんだ。美人で、二十五だっていってた。おれは、彼女に参っちまったのさ。ところがだよ。どこで知り合ったのか、あの伊知地の奴が、彼女に熱をあげたんだ。おれは、金がないし、向うは金がある。その上、奴は、その内、今の奥さんを追い出して、正式に結婚すると、由紀子にいったらしいんだ。これじゃあ、勝負にならないよ。今の女は、金が第一だからね」

「君がふられたというわけか」

「ああ。おれが気が強けりゃあ、伊知地を殴り倒すんだが、そんな勇気がないんだ。自分でも情けないよ。だから、奴の奥さんに電話してやったのさ。浮気がバレりゃあ、由紀子を手放すと思ったんだ」

「それで、橋本由紀子という女は、今、どこにいるんだね？」

「目黒にある、ニュー目黒レジデンスというマンションの三階に住んでるよ」

「伊知地三郎が、そこに彼女を囲ったというわけか？」

「おれに、あんな上等なマンションが借りられるわけがないじゃねえか」

「君は、奥さんが車でホテルに来たのを見たといったね。どこで見ていたんだ？」

「あのホテルの前にある喫茶店で見ていたんだ。出て来るとこも見たよ。おかげで、コーヒーを三回も注文して、胃がおかしくなっちまったけどな」

「奥さんは、何時頃、ホテルにやって来たんだ？」

「午後四時半頃だったよ」

「それで帰ったのは？」

「三十分くらいしてだな。すごくあわててたよ」

「しかしねえ。あの奥さんは、旦那の遺体に取りすがって泣いたんだが」

「演技だよ」と、男は、口をゆがめた。

「あの奥さんは、昔、Kって劇団にいたことがあるんだ。涙でごまかされるなんて、日本の警察は、甘いじゃないか」

7

私は、目黒に廻ってみた。国鉄目黒駅から白金台の方向へ五、六分歩いたところに、十一階建のニュー目黒レジデンスが、純白の姿を見せていた。

入口のところに、ずらりと並ぶ郵便受の三〇九のところに、「橋本」と書いた紙が貼りつけてあった。

私は、三階にあがり、三〇九号室のドアをノックしてみたが、留守らしく返事がない。仕方がないので、また階下におり、狐のような顔をした管理人に、橋本由紀子のことを聞いてみた。

「ええと、ここへ引っ越してみえたのは、三ヵ月前でしたよ」

「一人で、来たのかい？」

「ええ。面白い引っ越しでしたよ」

「面白いって、どう面白かったのかね？」

「普通、引っ越しっていうと、トラックで来ますよね。それが、タクシーで来て、部屋に入ると、この近くのデパートから、日用品、調度品からベッドまで運ばせたんです。あれだけでも、五、六十万は、かかったんじゃありませんか」

ベッドから、日用品まで新品か。そんなところにも、私は、パトロンと、囲われた女の匂いを嗅いだような気がした。

「橋本由紀子というのは、どんな女性かね？」

「そうですねえ。なかなか美人で、ジーパンに、男物のシャツなんか着ているんですよ。おへそなんかのぞいてる時もありますねえ」

そんなところが、美代子と逆で、伊知地は惹かれたのかも知れない。

「この男が、訪ねて来なかったかね？」

私は、殺された伊知地三郎の顔写真を、管理人に見せた。相手は、不精ひげをなぜながら、写真を見ていたが、

「さあ、記憶にありませんねえ。もっとも、わたしは、ここに来る人を、いつも見てるわけじゃないし、非常口もありますからねえ。ただ、橋本さんは、いつだったか、景気のいいどこかの社長さんとつき合っていると話してくれたことがありましたよ」

管理人が見ないということは、逆に考えれば、伊知地三郎が、それだけ用心深く行

動していたということにもなるだろう。土、日にここへ来ずに、都内のホテルを利用したことにも、それが表われているような気がした。

私は、いったん捜査本部に戻ると、念のために、ホテルの従業員一人一人に、伊知地美代子の写真を見せた。

フロントは、記憶にないといったが、ロビーにある売店の女の子が、美代子を覚えていた。

「ええ。日曜日の午後四時半頃です。この女の人が、蒼い顔で入って来て、エレベーターに乗るのを見ました。和服を着て、手に大きな宝石を光らせていたから、よく覚えているんですよ。金縁の眼鏡をかけてました」

「エレベーターでおりて来るところは見たかね？」

「ええ。三十分ぐらいして、おりていらっしゃいました。ふらふらっと出て行きました。どうしたんだろうって、話していたんです。今日休んでる娘《こ》と」

8

私は、伊知地美代子の逮捕状を取ると、「行こうか」と、安田刑事に声をかけた。

これで、今度の事件も終りだと思うと、自然に、足が早くなる。が、同時に、追いつめた相手が、今度のように女や、或いは、弱い立場の者だと、暗い気分も生れてくる。私は、事件が終りに近づくにつれて、いつも、こうした矛盾した気分になるのだ。

伊知地家は、相変らず、大きく塀をめぐらせていたが、私が、逮捕状を見せ、あなたの姿を見た証人が三人もいると告げたとたんに、伊知地美代子の顔が、すうっと蒼ざめていくのがわかった。肩が、がくんと落ちる。追いつめられた犯人が、いつも見せる姿だった。

「あなたが殺したんですね？」

と、私は、念を押した。

美代子が、黙って肯く。

「しかし、なぜ、殺したんです。たかがというと、あなたは怒るかも知れないが、浮気をしたぐらいで、なぜ、刺殺したりしたんです？」

「あの日だったから許せなかったんです」

「日曜日だから？」

「五月九日だからです。五月九日は、私たちの結婚記念日なんです」

「――」

私は、思わず、彼女から視線をそらせてしまった。やり切れない気持になったからだ。

「私たちの結婚記念日を、他の女と過ごしていると考えたら、もう、かあッとしてしまって、許せないという気になってしまったんです。それで、近くの金物店で、あのナイフを買って――」

「ホテルへ行ったあと、どうしたんです？」

「部屋へ行きました。でも、女が一緒だったら、主人でなく、相手の女を殺していたと思います。それに、ドアがあの時、開かなかったら――」

「鍵が下りてなかったんですね？」

「ええ。ノブを回したら、開いたんです。きっと、女が帰る時、きちんと閉めなかったんだと思います。中に入ったら、主人は、ダブル・ベッドに、ワイシャツ姿で眠っていました。きっと、女と遊んだあと、疲れて眠っているんだろうと思ったとたんに、持って行ったナイフで、背中を刺してしまっていたんです」

「そのあと、指紋を消して逃げたんですね？」

「はい。大変なことをしてしまったと思って、このままでは、すぐ、捕ってしまうと考えたんです。一生懸命、自分が触ったと思うところを、ハンカチで拭いたんです。でも、夢中で、ロビーの売店の人に見られていたなんて、気がつきませんでした」

「相手の女性のことを、知っていましたか？　名前や素性を」

「いいえ。主人に別に女が出来たんじゃないかとは、思っていましたけど。時々、そわそわと、落着かないことなんかありましたから。刑事さんは、その女に会ったんですか？」

「いや。まだ会ってはいませんが、どんな女性かは調べました」

「私よりきれいな女ですの？」

美代子は、まっすぐに私を見た。答えるのが辛い質問だった。だから、あいまいに、

「さあ」と、私が肩をすくめた時、居間の電話が鳴った。

同行した安田刑事が、受話器を取った。がすぐ、「主任にです」と、私を見た。

相手は、新田刑事だった。

「今、被害者の解剖報告が届きました。それをお知らせしようと思いまして」

「帰ってから、ゆっくり読ませて貰うさ。事件は、終ったんだからな」

「それが、どうも違うかも知れないんです」

「どういうことだい？　そりゃあ」

「解剖所見に、こう書いてあるんです。死因は、青酸中毒死――」

「何だって？」

「死因は、青酸カリによる中毒死です」

「というと、彼女は、――」

「そうなんです。伊知地美代子は、死体を刺したんですよ」

9

壁にぶち当ったのは、何も今度に限ったことではない。それに、美代子の線が消えても、まだ、容疑者は、残っている。

橋本由紀子と、電話をかけてきた伊藤という青年だ。二人の中《うち》、私は、伊藤の方が犯人に違いないと考えた。

まず、伊藤には、強い動機がある。恋人の橋本由紀子を、伊知地に奪われた恨みだ。多分、伊藤は、由紀子をつけ廻していて、彼女が、あのホテルで、伊知地と逢引していているのを知ったのだろう。そのあと、彼女が帰ったのを確かめてから、伊藤は、部屋に入り、伊知地を毒殺した。そうしておいてから、罪を伊知地美代子にかぶせようと考え、彼女を怒らせるような密告電話をかけた。罠にはまった美代子は、かッとしてホテルに駈けつけ、死んでいる夫を、眠っていると思って、登山ナイフで刺してしまった。

「こんなところだろう」

と、私は、安田刑事にいった。

「伊藤は、四谷三丁目の双葉荘というアパートにいる筈だ。今頃は、してやったりと、ほくそ笑んでいるだろうから、すぐ、連行して来てくれ。寝ていたら、叩き起こして、引っ張ってくるんだ」

安田刑事は、新田刑事と飛び出して行ったが、一時間ほどして、伊藤を引っ張って帰って来た。

伊藤は、私の顔を見るなり、

「これは、何の真似なんだ？」

と、息まいた。

「そう怒りなさんな。手錠をかけられなかっただけ、有難いと思うんだな」

「おれなんかを連れてくる暇があったら、どうして、犯人を捕えないんだ？　せっかく、おれが教えてやったのに」

「伊知地美代子は、無実だよ」

「そんな筈はあるものか。おれは、あの女が、血相変えて、ホテルに飛び込むのを、この眼で見たんだ」

「他にも見ている証人はいる。彼女も、伊知地を刺したことを認めたよ」

「それなら、文句ないじゃないか。事件は終ったんだろう？」

「それが違うんだな。彼女が刺した時は、伊知地はもう死んでいたんだ。青酸中毒死でな」

「そんな――」

「お前さんは、確か、日曜日の午後四時半に、彼女が車で駈けつけたといったな？」

「そして、三十分ほどして出て来たんだ」

「とすると、自動的に、伊知地美代子は、シロになってしまうんだ。解剖の結果、死亡推定時刻は、午後二時から三時の間ということなんでね」

「ふーん」

「伊知地美代子は、真犯人にはめられたのさ。つまり、お前さんにだよ」

「まさか、このおれが、真犯人だなんていうんじゃないだろうね？」

「まさかじゃなくて、お前さんだと確信しているんだ。恋人をとられた口惜しさから、お前さんが、伊知地三郎を毒殺し、その罪を伊知地の奥さんになすりつけるために、彼女に電話したのさ。かッとした奥さんがホテルに駈けつけて来れば、誰かに目撃される。目撃されなければ、お前さん自身が、目撃者になりゃあいいんだからね。それに、奥さんが、旦那が死んでいるのに気がついたって、当然、疑いは彼女に集まる。お前さんは、そこまで計算していたに違いないさ」

「ちょっと待ってくれよ」と、伊藤は、手をふった。

「あんたは、大変な間違いをやらかしているんだ」

「そうかね」

「あんたが、伊知地がすでに毒殺されてるところへ奥さんが駈けつけたっていうんなら、きっと、そうなんだろうさ。それなら、確かに奥さんは無実だよ。だがよ。それだから、おれが犯人だってのは、ひどい短絡思考じゃないか。確かに、おれは、由紀子を奪った伊知地を恨んでいたさ。だけど、あんな中年男と心中する気はないよ。第一、死因は青酸カリによる中毒死だっていうんだろう？　おれが、どうやって、伊知地に青酸カリを飲ませられるんだい？　おれは、伊知地の顔は知ってたけど、話をしたこともないんだ。そんなおれの青酸カリを、伊知地が飲む筈がないじゃないか」

「そこは、上手くやったんだろうさ。何しろ、お前さんは、ベテラン刑事のわれわれを欺したくらいに、口が上手い筈だからな」

私がそういったとたん、伊藤が、ふと、笑ったのだ。気に入らない笑い方だった。追いつめられた犯人が、不貞くされて笑うことはよくある。だが、今、伊藤の口元に浮んだ笑いは、明らかに、それとは違っていた。自信に満ちた笑い方なのだ。私を、というより、警察のやり方を冷笑している。

私は、狼狽を覚えた。

(ひょっとすると、この青年も、犯人じゃないのではあるまいか)

10

「おれには、アリバイがあるよ」と、伊藤は、長い脚を投げ出した。

「確か、死んだのは、日曜日の午後二時から三時までの間だといったね?」

「そうだ」

「それなら、おれは、その時間には、この前いったホテルの前の喫茶店にいたよ。午後一時半頃から五時近くまで、コーヒーを三杯もお代りしながら粘っていたんだ。ウエイトレスが証言してくれるよ」

「お前さんをがっかりさせたくないんだが、毒殺のアリバイというやつは厄介でね。午後二時前に、お前さんが、青酸入りの缶ビールを渡したのかも知れんし、カプセル入りの毒を飲ませる方法だってある」

「カプセルか」

「何がおかしいんだ？」

「今度の場合は、おれのアリバイは成立するんだ。なぜなら、おれは、午後二時半頃に、あのホテルから、由紀子が出てくるのを見てるからだよ。おれが、奥さんに電話したすぐ後だ。これで、女たちがかち合って大げんかになる楽しみはなくなったと考えたから、よく覚えてるんだ。由紀子は、白いセーターに、ジーパンで、茶色いショルダーを下げていた。入口のドア・ボーイが覚えている筈さ。彼女は、そのボーイにぶつかったからね。由紀子は、きっと、前日土曜日の夜から泊り込んでいたんだろう。もし、おれに、カプセルを飲ませるチャンスがあったとしても、土曜日ということになる。カプセルが溶けるのは、長くても十五、六分しかかからない筈だ。とすりゃあ、伊知地は、日曜日の午後二時から三時までの間じゃなく、もっとずっと早く死んでる。おれが、毒入りの缶ビールを、前もって渡しておいて、伊知地が、日曜日の午後二時から三時の間に飲んで死んだとしたら、その缶が、部屋に残っていた筈だ。そんなものがあったかい？」

「なぜ、橋本由紀子のことを黙っていたんだ？」

「おれは、頭から奥さんが殺したものと思ってたからさ。それに、由紀子には、まだ未練があったから、自然にかばいたくなったのかも知れないな」

「かばうのも、時によりけりだ」

私は、すぐ、伊藤の言葉が正しいかどうか調べてみた。

ホテルのドア・ボーイは、日曜日の午後、自分にぶつかって出て行った女のことを覚えていた。時間は午後二時半頃。白いセーターにジーパン姿だったという。

また、ホテルの前にある喫茶店のウェイトレスは、コーヒーを三回お代りした客として、伊藤のことを覚えていた。時間は、はっきりしないが、昼過ぎにやって来て、ホテルの見える場所に夕方までいたと、ウェイトレスは証言した。

私は、安田刑事を連れて、目黒のニュー目黒レジデンスに急行した。だが、三〇九号室の主は、消えていた。

2LDKの部屋は、管理人がいったように、真新しい家具に占領されている。押入れの布団も新しい。ベランダには、洗濯したパンティやブラジャーが、夜気の中でゆれていた。

テーブルの上には、引き裂かれた伊知地三郎の写真が散乱している。

「どうやら、橋本由紀子という女は、伊知地三郎を憎むようになっていたらしいですな」

と、安田刑事は、写真の破片を集めながら私にいった。

「多分、奥さんと離婚するといってたのが嘘だと、バレでもしたんでしょう」

「それで、伊知地を毒殺して、逃げたか」

「管理人には、北海道の生れだといってたことがあるそうですから、そっちの方へ逃げたのかも知れません。すぐ、向うの道警へ連絡したらどうですか？」

「それは、ちょっと待ってくれ。それより、鑑識の飯島の親父さんに、すぐ来て貰ってくれ」

「どうかしたんですか？　主任」

「何か変なんだ」

「何がですか？」

「上手く証明できないがね。この部屋には、生活の匂いが感じられないんだよ」

「そんなことはないでしょう。ベランダには、ブラジャーやパンティが干してあるし、さっき、冷蔵庫を調べたら、玉子や肉や、野菜が詰っていましたよ」

「そうさ。だから、よけいに気になるんだよ」

鑑識の飯島技官が、三十分後に駈けつけて、部屋の中を調べてくれた。

「どうだい？」

と、私がきくと、

「佐々木さんよ。ここに住んでいた女は、幽霊かも知れないねえ」

「なぜだい？」

「部屋の隅から隅まで調べたんだが、指紋が一つも見つからないのさ。一つもだぜ。つまり、ここに住んでいた女性は、どこもかしこも、きれいに拭き取ってから消えたことになるんだ」

「やっぱりな」

「やっぱりってのは、どういうことだい？」

「橋本由紀子は、指紋を見つけられると困ったことになるってことだよ」

「前科者カードにのってるってことかい？」

「そうじゃないよ。親父さん。この部屋を見てくれ。パンティとブラジャーは干したままだし、引き裂いた写真は散らばったままだ。週刊誌も、畳の上に散乱している。

つまり、あわてて、高飛びしたって感じだ。新宿のホテルで、伊知地を毒殺したあと、すぐ逃亡したように見えるじゃないか。その一方で、冷静に、部屋の隅から隅まで、拭きあげて指紋を消している。矛盾しているよ」

「前科者でもないのに、指紋を消して逃げたというと？」

「指紋を照合されると、困るということだよ。なぜ困るのか。それは、事件の関係者の中の指紋と一致しちまうということさ。つまり、橋本由紀子なんて女はいなかったんだ。伊知地美代子なんだよ」

「しかし、伊知地美代子は、金縁眼鏡に、宝石入りの指輪で、橋本由紀子の方は、男物のシャツにジーパンなんだろう。イメージが違い過ぎやしないかい？」

「伊藤がいっていたよ。美代子は、昔、Kという劇団にいたことがあるとね。今度の事件は、最初から芝居だらけだったのさ。伊知地美代子に、伊藤という若い恋人が出来た。その時から、事件が始まっていたんだ。夫の伊知地が邪魔だが、ただ殺せば、疑いはすぐ妻の美代子にかかってくる。それで、遠大な殺人計画を立てた。まず、橋本由紀子という架空の女を作りあげる。伊知地の二号というわけだ。三ヵ月前に、この部屋を借りた。実在の人物らしく見せるために、由紀子に扮した美代子が、男物のシャツにジーパン姿で、洗濯をしたり、管理人と喋ったりする。だがね、夫の伊知地が、会社から帰る頃には、桜上水に戻っていなければならない。昼はここにいられても、ここに泊るわけにはいかないんだ。生活の実感のない部屋だと感じたのは、寝泊りしたことのない部屋だからだったのさ」

「じゃあ、伊知地美代子は、二度も、旦那を殺したわけかい？」

「そうだよ。二号の橋本由紀子として毒殺し、次に、嫉妬に狂った妻の美代子としてナイフで刺したんだ。もちろん、最後には、罪は、架空の橋本由紀子にかぶせられると確信してさ」

「しかし、主任」と、安田刑事が、口を挟んだ。

「よく、伊知地が、ホテルにおびき出されましたね」

「そのために、あの日を選んだのさ。日曜日は、あの夫婦の結婚記念日だったんだ。独り者のヤスさんにはわかるまいが、妻君から、今夜は、ホテルで結婚記念日を過ごしましょうよといわれれば、たいていの旦那は賛成するもんだよ。偽名を使ったのも、二人だけでと、美代子が上手に持ちかけて、偽名を使わせたんだと思うね。ちょっと偽名でホテルに泊ったりするのも、結構楽しいもんだからね」

「しかし、橋本由紀子が、伊知地美代子である確固とした証拠がないと――」

「だから、指紋が一つでも欲しいんだ。親父さん。もう一度、調べてくれないか」

「無駄だと思うがねえ。とにかく、よく拭き取ってあるよ」

飯島技官は、肩をすくめたが、それでも、鑑識課員を督励して、もう一度、部屋の隅から隅まで調べ直してくれた。

三十分もたった頃、「見つけたぞッ」と、飯島技官が、どら声をあげた。

「どこにあったんだい？」

「下駄箱の中にあったサンダルだよ」

「なぜ、サンダルなんかに？」

「見ろよ」

と、飯島の親父さんは、革製のサンダルを、鉛筆に突き刺して、私に見せてくれた。

「このサンダルは、履く時、革のバンドをボタンで止めるようになってるんだ。指で強く押さなきゃ、ボタンははまらない。右手の指紋が、ばっちり検出できたよ。犯人も、足にはくものに、指紋をつけたとは、考え及ばなかったんだろうね」

指紋は一致し、事件は解決した。

丸二日間、家に帰っていない私は、疲れた足を引きずるようにして、署を出た。

駅で下りてから、まだ妻の保子と和解していなかったことを思い出し、駅前の貴金属店に入った。ケースの中には、二十万、三十万といった宝石が並んでいるが、私の安月給では、手が出ない。

「この二万円の指輪でいいんだがね」

と、私は遠慮がちに、店員にいった。

「家内への贈り物にしたいんだ。リボンをかけてくれないか」

「承知いたしました」

「それからねえ。月賦にして貰えないかね？」

「そりゃあ、お客様の身元さえはっきりしていれば、月賦でも構いませんが」

「身元は、まあ、しっかりしている方だと思うんだ」

私は、警察手帳を見せた。

店員が、微笑した。

「警察の方でしたら、喜んで月賦にさせて頂きます」

「ありがとう」と、私はいった。

「これを見せて、相手に喜ばれたのは、今度がはじめてだよ」

二一・〇〇時に殺せ

1

夕闇が漂い始め、さまざまな色彩のネオンが輝きはじめると、太陽の下では、ただ単なる白茶けたコンクリートの町が、にわかに、生き生きとしてくる。

新宿の盛り場は、そんなところだ。

私は、警察署の二階の窓から、ネオンの輝きを眺めるのが好きだ。ある人にいわせると、ここは、どうしようもない町らしい。裏通りには、ヤクザやチンピラが歩き廻り、酔っ払いが、へどを吐き、刃傷沙汰が毎夜のように生れているからだという。新宿駅の東口には、シンナーでふらふらしている若者が、いつでも、四、五人はたむろしている。

昨夜も、シンナー常習者の少年が、通りがかりのアベックの男の方を刺殺するという事件が起きた。安田刑事が連行して来た十八歳の少年を、私が取調べたのだが、中毒のために、自分が何をしたかさえ覚えていない有様だった。三日前には、西武新宿駅近くの連れ込みホテルで、二十六歳のコールガールが殺され、その犯人はまだ逮捕されていない。

確かに、ここは、そんなところでもある。

だが、それにも拘らず、私は、この町が好きなのだ。

ここには、人間が生きているという、したたかな手応えがある。辺地の小さな島などへ行くと、ここ数年間、殺人事件どころか、窃盗ひとつ起きないというのどかな話にぶつかることがあるが、私は、どうしても、そうした風土になじむことが出来ない。落着けなくなってしまうのだ。

都会の喧噪に、私の身体が馴れてしまったせいだろう。それに、私が殺人課の警部補のせいかも知れない。人が死ぬのを歓迎するわけではないが、事件がないと、私はそれを一方で喜びながら、一方では退屈してしまう。因果な商売だと思う。

今夜も、早くも血まみれの若い男がかつぎ込まれて来た。会社帰りのサラリーマンで、新宿コマの近くで、肩が触れた触れないで喧嘩になり、チンピラ風の男に左腕を刺されたのだという。

「確か、今日だったな。ヤスさんの見合いは」

私は、ガスの切れかかったライターをカチカチ鳴らしながら、新田刑事に確かめた。ヤスさんは、ベテランの安田刑事のことである。三十七歳になったのに、まだ独身でいる。

「午後七時に、Ｋホテルのロビーで相手と会うといっていましたから、そろそろじゃありませんか」

二十七歳で、すでに一人の子持ちの新田刑事は、腕時計に眼をやった。私も、壁の時計を見た。七時五分前だった。

「相手は、どんな娘さんなんですか？　私には、教えてくれなかったんですが」

新田刑事が、きいた。

「なんでも、菓子屋の娘さんだそうだ」

と、私がいうと、新田刑事は、「菓子屋の娘ですか」と、クスクス笑った。安田刑事が、甘いものが丸っきり駄目なので、何となくおかしかったのだろう。

私は、やっと煙草に火をつけた。

電話が鳴った。

私が受話器をつかむと、耳に飛び込んで来たのは、安田刑事の声だった。

「どうしたんだい？　ヤスさん。見合いじゃなかったのかい？」

と、私がきくと、安田刑事は、

「今、Kホテルのロビーですが、こちらへ来て貰えませんか」

「まさか、ひとりじゃ心細いっていうんじゃ――」

私は、途中で言葉を呑み込んだ。安田刑事の声が真剣なひびきを持っていたこともあったし、生真面目な彼が、プライベイトなことで、私を、わざわざKホテルに呼び出す筈がなかったからである。

「何かあるのか？」

「嫌な予感がするんです。事件の匂いがするんです」

「よし。すぐ行く」

2

新宿西口にあるKホテルは、三十六階の超高層ホテルである。新宿歌舞伎町の無秩序な雑沓が好きな私は、このKホテルのような取りすました建物は、あまり好きではない。

厚くじゅうたんを敷きつめたロビーに入って行くと、緊張した顔の安田刑事が、ソファから立ち上って、私を迎えた。

「見合いの相手は、どうしたんだ？」

私がきくと、安田刑事は、私の肩越しに、あらぬ方向を見ながら、

「後日にと無理をいって、帰って貰いました」

「何があったんだ？」

「私の気のせいかも知れないんですが」と、安田刑事は声を低くした。

「約束の時間より早く来たんで、ここで待っていたんですが、煙草がないのに気がついて、あそこの自動販売機に行ったんです。その時、赤電話の傍を通りましてね。聞くともなく、電話をかけていた男の声を聞いてしまったんです」

「その言葉に、犯罪の匂いを嗅いだというわけかね？」

「そうです。その男は、こういったんです。予定通り二十一時に殺《ばら》すんだ」

「ふむ」

「それだけいって、電話を切りました。私が聞いたとは知らない様子でした」

「その男は？」

「ロビーの隅にあるバーで、さっきから飲んでいます」

「バーでね」

私は、すぐには振り返らず、わざと小さく伸びをしてから、安田刑事の隣りに席を移した。バーが、真正面に見える。

私は、煙草に火をつけてから、

「バーには二人いるが、どっちの男だ？」

「今、腕時計を見た男です」

五十歳ぐらいの男だった。年齢《とし》にしては、若造りの派手な服装をしている。上等な背広だが、派手な花柄のワイシャツが、いやに眼につく男だった。腕時計から眼を上げた時、横顔が、はっきり見えた。特徴のあるワシっ鼻に、私は、見覚えがあった。

「宮寺だ」

「ご存知の男ですか？」

「宮寺誠之介。有名な弁護士だよ。悪い方で有名な弁護士だ。小池恵一郎の会社の顧問弁護士なんかもやっている。暴力団との関係も噂されている男だ」

「小池恵一郎というと、例の政界の黒幕といわれる男ですね」

安田刑事の顔も、緊張した。

「ああ、そうだ。小池興業の社長だ。君の聞いた言葉が本当だとすると、われわれは、大変な事件にぶつかったのかも知れん」

「間違いありません。彼は、予定どおり二十一時に殺《ばら》せと、誰かに電話で命令していたんです。冗談をいっている調子ではありませんでした」

「二十一時というと、午後九時か。あと一時間四十分だな」

「いったい、誰に、誰を殺させようというんでしょうか？」

「まあ、いわんだろうが、当人に聞いてみようじゃないか」

私は、ソファから立ち上ると、バーで飲んでいる宮寺に近づいて行った。

傍に寄ると、オーデコロンの匂いがした。

「宮寺弁護士ですね」

と、私が、声をかけた。宮寺は、グラスを持ったまま、私と安田刑事を見上げた。

「そうだが、君たちは？」

私は、黙って、警察手帳を見せた。宮寺は、小鼻にしわを寄せた。

「警察が、私に何の用かね？」

「一つお聞きしたいことがあるので、署まで来て頂きたいのですが」

「断る。私は、ここで人を待っているんだ」

「ところが、こちらとしては、どうしても来て頂きたいのですよ」

「連行していくには、理由が要る筈だ」

「理由などいくらでも作れますよ」

私が、腕をつかもうとすると、宮寺は、ぱッと、払った。その拍子に、カウンターに置いたグラスが床に落ち、音を立てて割れた。

「公務執行妨害に、器物損壊」

と、私は、いった。

宮寺は、むっとした顔で、

「こんなことをして、あとで、後悔するぞ」

「さあ、どうですかな。とにかく、署まで来て頂きましょうか」

と、私は促した。普段の宮寺だったら、断固として拒絶したに違いないが、今夜は、意外に素直に、署までの同行に同意した。

「久しぶりに、君たちの働きぶりでも拝見するかね」

と、椅子から立ち上ったが、その時、ちらりと腕時計に眼をやったのを、私は、見逃がさなかった。恐らく宮寺は、彼の計画が妨害されるのを恐れて、大人しく同行することにしたのだろう。

署に着くと、私は宮寺の前に椅子を運び向い合って、腰を下した。

「宮寺さん。午後九時に、いったい誰を殺す積りなんだい？」

と、私は語調を変えた。案の定、宮寺の顔が、一瞬、蒼くなった。が、さすがに老練な弁護士らしく、すぐ、いつもの精力的な赧ら顔に戻った。

「何をいっているのかわからんね」

「Kホテルのロビーで、あんたが、誰かに電話で殺しを命令しているのを、うちの安田刑事が聞いているんだ。あんたは、電話で二十一時に、予定どおりに殺《ばら》せと、誰かに命令した。その通りだろう？」

「その刑事は、夢でも見てるんじゃないのかね？　そうじゃないとしたら、精神科医の診察を受ける必要がありそうだね」

「いいかね。あんたは、名の通った弁護士だ。だが、もし、今夜の午後九時に、誰かが殺されて、犯人があんたの知り合いだったら、あんたを、殺人の共犯で逮捕するぞ」

「果して、そんなことが出来るかな？」

宮寺は、自信満々に、ニヤリと笑った。私は、その笑いを、私に対するというより、警察に対する挑戦と受け取った。

3

死体が転がらなければ、警察は動き出さないのが原則である。だが、今度は、そうとばかりもいっていられなかった。宮寺弁護士が札付きの悪徳弁護士で、午後九時に、誰かが殺される可能性が強いからである。

しかし、私たちが署に戻ってすぐ、東口の路上で、暴力団同士の狙撃事件が発生して、刑事のほとんどが出掛けてしまい、宮寺弁護士の事件には、私と、安田刑事の二人だけで当らなければならなくなった。

「九時まで、あと一時間五分しかありません。殺される場所も、相手もわからないんじゃあ、手の打ちようがありませんね」

安田刑事が、心細げにいった。

「そうでもないさ」と、私は彼を励ました。

「場所は、新宿周辺だ」

「なぜ、そうだといい切れますか？」

「宮寺の事務所は、六本木にある。その宮寺が、わざわざ新宿に来ているということは、この土地で、殺《や》るという証拠だよ。多分、彼は、一刻も早く、結果を知りたいんだ。だから、新宿のKホテルにいたんだ」

「すると、宮寺にとって、かなり大事な問題だということになりますね」

「多分な。だからこそ、聞かれる危険のある赤電話で、殺し屋に念を押したんだろう。下手をすれば、宮寺の弁護士生命を失わせるような人間がいるのかも知れん。それを殺そうとしているのか、そうでなければ、彼が今扱っている事件の証人を消そうとしているのかも知れん」

「宮寺の担当している事件を調べてみます」

安田刑事は、すぐ、東京地裁や、日本弁護士会に電話で問い合せた。すぐに答が見つからないのは、午後八時という時間のせいだろう。それでも、五分もすると、安田刑事は、「わかりました」と、私に笑顔を向けた。

「宮寺が今引き受けている事件は一つだけです。日東興業社長、太田黒晋作の恐喝事件です」

「太田黒といえば、関西系の組織暴力団のボスだったな」

「その通りです」

「誰を恐喝したんだい？」

「N物産の春日という重役です。女性関係をネタに一千万円を脅し取ったんですが、その過程で、春日重役の秘書が事故死しています。この事故死が、他殺ではないかと所轄署では考えているようです」

「公判は、いつなんだい」

「明日です」

「なるほどな。その公判の過程で、太田黒が、その秘書を殺したことが判明でもしたら、彼もおしまいだな」

「その通りです。宮寺弁護士が殺そうとしているのは、秘書が殺されたことを証明できる証人かも知れませんね」

「そんな証人がいるのかい？」

「今、調べて貰っています」

数分して、電話が鳴った。安田刑事が、受話器を取ってしばらく聞いていたが、眼を光らせて、

「やはり、証人がいるそうです」

「本当か？」

「昨夜、この事件を担当している山本検事のところへ、男から電話があったそうで

す。問題の秘書、名前は、日下部というんですが、この秘書が、夜、三浦半島の崖っぷちから突き落とされるのを見たという電話だったそうです」

「ふむ」

「日下部秘書は、三浦半島へ夜釣りに行っていて、波にさらわれて死んだことになっていたんですが、電話の男も、その夜、近くに夜釣りに行っていて、突き落とされるのを見たというのです」

「検事は、その証言を信用しているのかね？」

「信用できるとみているようです。というのは、その男は、突き落とした犯人が、車で逃走するのを見ているんですが、その車のナンバーが、太田黒の持っている二台の車の一台に該当するからだといっています」

「その証人の名前は、わかっているのかい？」

「わかっています」

安田刑事は、メモしたものを、私に見せた。

〈新宿区左門町——青葉レジデンス五〇六　小林義雄〉

電話番号も書いてある。

「平凡な独身のサラリーマンだそうです」

「この小林という男に、護衛はつけてないのかい？」

「つけてないそうです」

「なぜ？」

「太田黒たちが、彼のことを知っているとは思えないからだそうです」

「それが知ってたんだ。だから、今日の午後九時に殺す気でいるんだ」

4

私は、メモ用紙にあった電話番号を回してみた。

呼出しのベルが鳴っているのに、相手の出る気配がない。

私は、腕時計を見た。八時十分。九時までには、まだ五十分ある。だが、小林義雄という貴重な証人は、すでに殺されてしまったのだろうか。

こんな時には、決断が大事だ。

「行くぞ」

と、私は、安田刑事に向って、顎をしゃくって見せた。

覆面パトカーを、私自身が運転して、左門町の青葉レジデンスに急行した。幸い、八時を過ぎて、車の渋滞はなくなっていた。

十五分で、問題のマンションに着いた。

管理人には一緒に、五階に上って貰った。

ドアには、鍵がおりている。

「小林さんが、どこへ行ったかわからないかね？」

私がきくと、度の強い眼鏡をかけた小柄な管理人は、

「わたしは、住人のプライバシイには、タッチしないようにしていますんでね」

「部屋を見たい。開けてくれないか」

「いいんですか？　令状もなしに、部屋に入って」

「悪くすると、小林さんが殺される可能性もあるんでね。令状をとっている余裕がないんだ。責任は、私が取る」

「それならいいですがね」

管理人は、腰にぶら下げていたマスター・キーを使って、ドアを開けた。

1LDKの部屋だった。

奥の部屋には、布団が敷いたままになっているのが、いかにも、独身の男の部屋という感じだった。

本棚には、あまり本が並んでないのに、真新しいステレオが、居間に置かれている。

十六インチのテレビの上に、若い女と肩を並べて撮った男の写真が、小さな額に入れてかざってあった。

男は二十七、八で、すらりと背が高く、なかなか美男子に見える。女も、派手な顔立ちだった。夏の海岸で写したらしく、二人とも、水着の上にビーチ・ウエアを羽おり、女の方は、クーリー・ハットのようなものをかぶっていた。

「小林義雄というのは、この男かね？」

と、私は、写真を、管理人に見せた。

「ええ。これが小林さんです」

と、管理人が肯《うなず》く。

問題は、小林義雄が、どこへ行ったかだ。

「佐々木係長。ちょっと来て下さいッ」

と、安田刑事が、寝室から、私を、大声で呼んだ。

「何か見つかったかい？」

「今日は、五月二十六日でしたね？」

「そうだ」

「このカレンダーを見て下さい」

ヤスさんが、壁にかかっているカレンダーを指さした。

五月二十六日のところに、何か細かい字で書き込みがしてある。

私は、眼を近づけた。

〈P・M　9・00　　新宿西口公園〉

そう書いてあった。

西口公園で、誰に会うのか、それとも、そこで何があるのかまでは、この一行の文字からは、判断できない。

私にわかっているのは、この部屋の主が、すでに、西口公園に出かけたに違いないということであり、宮寺弁護士の命令を受けた何者かが、午後九時に、小林義雄という青年を狙うということだった。

私は、腕時計を見た。

八時三十七分。九時までに、あと二十分ちょっとしかない。

「行くぞッ」

と、私は、安田刑事の肩を叩いて、廊下に飛び出した。エレベーターで階下におりると、車に身体を滑り込ませた。

赤色灯を点け、サイレンを鳴らして、新宿西口の公園に向って、突っ走った。

前方の車が道路の脇に寄って止まる。そこに出来た空間へ、私は、車を飛ばした。

問題の公園は、Kホテルの近くにある。

今頃の季節は、夜に入っても、アベックの多い場所だ。この公園のどこで、小林義雄は、午後九時に、誰と会う約束をしているのか。

(その相手が、もし、宮寺弁護士の差し向けた殺し屋だったら？)

小林義雄という青年は、間違いなく殺され、明日の公判廷には、検事側の証人として、出廷できなくなるだろう。

「別れて探そう」と、私は安田刑事にいった。

「拳銃は、持っているか」

「持っています」

と、安田刑事は背広の上から、軽く叩いて見せた。

「よし。小林義雄が危険にさらされるようだったら、相手を容赦なく撃て」

と、私はいった。

私と、安田刑事は、公園の入口を入ったところで、二手に別れた。

水銀灯が、青白い光を投げかけている小道を、アベックがゆっくりと歩いている。

芝生の上で、抱き合ったまま、身じろぎもしない若者たちもいる。

私は、行き合うアベックの顔をのぞき込むようにしながら、歩いて行った。その間にも、時間は、容赦なく過ぎて行く。

暗い木立ちの中にも入ってみた。が、小林義雄は、なかなか見つからない。

(もう、九時を過ぎてしまう――)

と、私が焦燥《しようそう》にかられた時だった。

私が立っていた場所とは、反対側の方向で、突然、銃声が起こった。

私の近くにいたアベックたちは、車のパンクとでも思ったらしく、平然としているが、私には、銃声とすぐわかった。

(ヤスさんが犯人に向って撃ったのならいいが――)

と、とっさに考えながら、私は、銃声のした方向へ突進した。

途中でぶつかったアベックの男の方が、私に向って、罵声を浴びせた。

熊野神社に近い散歩道の辺りに、小さな人垣が出来ていた。

私は、その中に割り込んだ。

砂利道の上に、血に染って倒れているのは、安田刑事だった。

「誰か、救急車を呼んでくれッ」

と、私は、呆然と見守っている若者たちに向って、怒鳴った。二、三人が、一一九番するために、駈け出していった。

私は、安田刑事の傍に屈み込んだ。胸から血が噴き出している。顔は、血の気を失っていて、私が名前を呼んでも、眼をかすかに動かすだけだった。

傍には、写真で見た背の高い青年が、呆然と突っ立っていた。

「小林君だね？」

と、私がきくと、青年は黙って肯いた。

救急車が、サイレンの音をひびかせて到着し、瀕死の安田刑事が、救急病院へ運ばれて行った。

「君にも、署まで来て貰うよ」

と、私は、小林義雄を、連行した。もちろん、西口公園の周辺に非常線も張って貰った。

署へ帰ると、私は、小林にお茶を注いでやってから、安田刑事が運ばれたS病院へ電話を入れてみた。これからすぐ、手術にかかるが、生死の確率は、五分五分だと、電話口に出た医師がいった。

私は、電話を切って、小林を見た。

「あの刑事さんは、助かりますか？」

と、小林が蒼い顔できいた。

「助かって貰いたいと思っているよ」

「僕もそう思います。あの刑事さんは、いきなり僕の前に現われて、狙われてるから危険だといって、僕を街灯の明りの下から連れ出そうとしたんです。自分の身体で、僕をかばうようにしたんです。その時、突然、銃声がして、刑事さんが倒れたんです。だから、僕の身代りに撃たれたみたいで――」

「君は、なぜ、あの公園に出かけたんだ？」

「僕には、久保由紀子という恋人がいます。惚れてるんですが、この頃、何となく彼女の様子がおかしかったんですよ。そんなところへ、昨日、男の声で、電話が掛かって来たんです。彼女には、君以外に男が出来た。どんな男か知りたかったら、明日の午後九時に、あの公園の熊野神社寄りの街灯の下へ来いってです」

「君を誘い出す罠だとは、思わなかったのかね？」

「思いませんでした。由紀子のことを、よく知っていましたからね。とにかく、彼女のことで頭が一杯だったんです」

「しかし、君は明日、東京地裁の裁判で、検事側の証人として出席する筈なんだろう？」

「ええ。新聞で裁判のことを知って、担当の検事さんに電話したんです。そしたら、検事さんがあわてておいでになって、三浦海岸の夜釣りのことを聞かれたんです」

「いいかね。君は、太田黒の死命を制するような重要な証人なんだ。太田黒が、どんな人物か知っているね？」

「ええ。関西の大きな暴力団に関係している人間だということだけは知っています」

「じゃあ、昨日、呼び出しがあった時、罠だとは、思わなかったのかね？」

「思いませんでした。だって、太田黒という男は、捕まっているんでしょう？」

「彼には、命知らずの手下が、何人もいるんだよ」

私は青年の呑気さが、腹立たしくなって、思わず、声を荒らげた。この小林という証人を守るために、ベテラン刑事が、狙撃され、今、生死の境をさ迷っているのだ。

「僕はどうしたらいいんですか？」

と、小林もさすがに蒼い顔になって、私を見た。

「明日の裁判まで、ここにいるさ。ここから東京地裁へ、私が送って行ってやる」

「また、僕が狙われると思うんですか？」

「君が外に出たら、間違いなく、狙われるね。太田黒は、恐喝で起訴されているが、その重大な鍵を握っていたのが、秘書の日下部だと思う。だから、太田黒は日下部の口を封じるために、事故死に見せかけて殺したのさ。このままだと、太田黒を裁判で有罪にするのは難しいだろうが、君の証言があれば、恐喝よりはるかに重い殺人罪に切りかえられるんだ。向うさんが必死になって、君の口を封じようとするのは、当然じゃないかね？」

「わかりますが、由紀子のことが、どうしても気になるんですが、どうしても帰っちゃいけませんか？」

「駄目だ」

と、私はいった。もし、この青年を外に出して消されてしまったら、安田刑事の負傷が、無駄になってしまう。

「毛布を持って来てあげるから、そこのソファで寝るといい」

と、私は小林にいった。

5

新宿西口公園に展開された非常線は、結果的に失敗した。

昨夜は、天気がよく、公園にはアベックが多く出ていたことが、捜査の邪魔になったようだった。

ただ、夜半近くなって現場近くの公衆便所から、45口径の拳銃が発見された。

指紋は検出されなかったが、弾丸が一発撃たれていることは、確認された。45口径の大型拳銃が使われたということは、犯人が確実に小林義雄を殺そうと考えていたことを意味するだろう。22口径くらいだったら、多くの場合、致命傷にならないからだ。

私は、勾留している弁護士の宮寺を釈放することにした。

「不法勾留で、君を必ず告訴してやるからな」

と、宮寺は私を睨んだ。

「結構だよ」

と、私はいってやった。

宮寺は、眼鏡を押さえながら、

「これは単なる脅しじゃない。私が告訴すれば、君は間違いなく平刑事に格下げだ。運が悪ければ、懲戒免職だな」

「警察の上層部に顔が利くということを、私にいいたいのかね？」

「私は、N警視正もよく知っている。公安委員長もだ」

「そりゃあ、大したものだ」

「私が冗談でいっていると思ったら、君は、ホゾを噛むことになるぞ。明日、厳粛な公判に出席しなければならない弁護士の私を、君は、五時間にわたって、不法に勾留したんだからな」

「正確にいえば、四時間五十二分だよ」と、私は、訂正してやった。

「それから、あんたが、明日になってから失望しないために、いっておいてやろう。あんたが命令した午後九時の襲撃は失敗したよ。明日、検事側の証人として出席する小林義雄は無事だ」

「そんな男は、私は知らんね」

「今は知らなくても、どうせ、法廷で会うことになるさ。恐喝で起訴されている太田黒が、この証人によって、殺人罪で断罪されることになったら、あんたは、無能な弁護士ということで、今度は自分が消される破目になるかも知れないぜ」

「そんなものは、幻想だな。佐々木さんよ。私のことより、自分の心配をした方がいいな」

宮寺が、捨てゼリフを残して帰ろうとするのを、私はもう一度、呼び止めた。安田刑事のためにも、一言いってやりたかったからだ。

「あんたにいっておくが、今夜、45口径で狙撃した犯人は、草の根を分けても見つけ出してみせるからな。見つけ出した時は、あんたを殺人未遂罪で送検してやる。もし、安田刑事が死んだら、殺人の共犯だ。覚悟しておくんだな」

6

安田刑事の手術は、二時間近くかかって行われたが、手術後も昏睡状態が続き、助かるかどうかはわからないという病院の話だった。

私は、部下の新田刑事と、小栗刑事の二人に、狙撃犯人の追及を命じた。

「宮寺弁護士か、太田黒とどこかでつながっている男だということは、まず、間違いない。45口径という大型拳銃を使用したところをみれば、かなり射撃になれた人間とみていいだろう。素人には、45口径なんか扱えないからな。それにもう一つ。ヤスさんが聞いたところでは、宮寺は、二十一時に殺せと電話で命令したという。普通の男なら、午後九時というところを、わざわざ二十一時といったのは、相手が、そういういい方に慣れた人間だと考えていいと思う。国鉄、私鉄関係者や、自衛隊関係者なら、二十一時というようないい方をするだろう。その方面から当ってみてくれ」

夜が明けてから、二人の刑事が、獲物を求めて飛び出して行ったあと、私は、昨夜保護していた小林義雄を、車で、東京地方裁判所へ連れて行った。

小林が、地裁の建物に入り、衛視にあいさつしているのを確かめてから、私は署に戻った。

朝から、うっとうしい梅雨空のようだったのだが、私が、署に戻る頃から、とうとう雨が落ち始めた。

(嫌な雨だ)

何か不吉なことが起きるのではないかという気がしたが、机に腰を下した時、本橋署長が、ずかずかと部屋に入って来て、

「佐々木君」

と、重い口調で、私を呼んだ。

「今、病院から連絡があって、安田君が死んだよ」

署長のその言葉は、私を深い衝撃で刺し貫いた。手術の結果は不明とは聞かされてはいたが、あのヤスさんが死ぬとは考えていなかったのだ。好人物で、頑健で、皆から愛されていたヤスさんが死ぬなんて。

「本当なんですか？」

「残念だが、本当だ。手術の後、とうとう、意識を回復せぬままに亡くなったそうだ」

「そうですか――」

「安田刑事を殺した奴を、ぜひとも捕えてくれ」

「わかっています」

と、私は、唇を嚙んだ。

(ヤスさん)

と、私は、彼の愛称を呟いてみた。彼とつき合って七年になる。昨日、見合いをしなかったら、Kホテルのロビーで、偶然、宮寺弁護士の電話を立ち聞きしなかったら、死ぬこともなかったのだ。

午後になって、新田と小栗の二人の刑事が、疲れ切って戻って来た。

二人にとっても、安田刑事の死は、ショックだったらしく、蒼ざめた顔になって、唇を噛んだ。

「ヤスさんの弔《とむら》い合戦になっちまったんだが、捜査の方は、どんな具合だね？」

と、私がきくと、まず、新田刑事が、

「太田黒の下で働いている連中は、約四十人です。この四十人を、全部、洗ってみました。特に、拳銃不法所持で、前に逮捕された男や、自衛隊崩れなんかを重点的に調べてみましたが、どうも、これといった人物は、浮んで来ません。もちろん、もう一度、当ってみますが」

「君の方は？」

私は、若い小栗刑事を見た。

「私は、宮寺弁護士の関係者を洗ってみました。あの事務所では、現在、四人の事務員が働いていますが、この中に、拳銃発射の経験者はありませんし、昨夜、午後九時のアリバイは、全員が持っています」

「事務所の人間は、使わんだろう。そんなことをすれば、足元に火がつくからな」

「私も、そう思いました。それで、宮寺が、今までに、弁護してやった暴力団員や、チンピラを洗ってみました」

「それで」

「名前がわかったのは、五人です。この中《うち》三人は、太田黒の手下で、新田さんが調べてくれました。残りの二人ですが、一人は、また傷害事件を起こして、刑務所に入っていますし、もう一人は、交通事故で死んでいます」

「すると、手掛りなしか」

「しかし、安田刑事を殺した奴は、絶対に見つけ出します」

と、新田刑事は、眼を光らせてから、

「拳銃の方から、何かわかりませんでしたか？」

と、私にきいた。

「拳銃は、今、科捜研で調べて貰っている。コルト・ガバメント45口径で、アメリカから密輸されたものらしいんだが、在日アメリカ軍から流れた説もあって、まだ、入手経路は、はっきりわかっていないんだ」

「過去に使用された形跡はあるんですか？」

「使いなれた拳銃らしいが、日本の事件で使われた形跡はないようだな」

「そうですか」

新田刑事は、多少、がっかりした様子だったが、それでも、小栗刑事を促して、再び、捜査に出て行った。

7

安田刑事を射殺した犯人は、なかなか見つかりそうもなく、その点では、歯がみをしたが、東京地裁で、小林証人によって、太田黒の容疑が、単なる恐喝罪に殺人罪が加えられれば、安田刑事の霊も、少しは浮ばれるだろうと思った。

私は、第一回公判が終った時刻を見はからって、担当の山本検事に、電話してみた。喜びの声を聞けると思って、連絡したのだが、受話器に入って来た山本検事の声は、暗いもので、私を驚かせた。

「話にならんよ」

と、山本検事は、吐きすてるようにいった。

「小林義雄の証言を、判事が取り上げなかったんですか？」

「そうじゃない。その証人が、逃げ出したんだ」

「逃げたんですか？」

私は、あっけにとられた。

「今朝、私が、車で地裁まで送り届けたんですが」

「ああ。知っているよ。ところが、開廷直前になって、小林は、衛視にトイレに行くといい、トイレの窓から逃げ去ったんだ。おかげで、太田黒事件を、殺人罪で起訴することは絶望だよ」

「逃げるような気配は、見えなかったんですがねえ」

「しかし、昨夜、新宿で狙われたんだろう？」

「45口径で狙われました。おかげで、うちの安田刑事が、盾になった形で撃たれましてね」

「知っているよ。亡くなったそうだね」

「そうです。彼のためにも、小林義雄には、法廷で証言して貰って、太田黒を殺人罪で追いつめて貰いたかったんですがね」

「やっぱり、いざとなると、ビクつくんだな」

「私が、もう一度、彼に会って説得してみます」

私は、電話を切ると、車で、もう一度、小林義雄の住む新宿左門町のマンションに出かけてみた。

五〇六号室にあがってみたが、ドアに鍵はかかっているし、部屋の明りも消えていた。

仕方なく、管理人室に行ってみると、管理人は、

「確か、警察の佐々木さんでしたね？」

「そうだ」

「それなら、小林さんからあなたへの手紙を預っています」

と、管理人は、白い封筒を手渡した。

中身は、便箋一枚で、こう書いてあった。


〈申しわけありません。いざとなると、どうしても、恐怖が先に立ってしまいます。また、拳銃で狙われるかと思うと、証人席に立つ勇気が起きて来ないのです。

卑怯者の私を許して下さい。

私を探さないで下さい。

小林〉

「馬鹿なッ」

と、私は、思わず叫んでしまった。彼が、怖がるのはわからないではない。45口径の拳銃で狙われ、自分の傍で、刑事が血にまみれて倒れれば、どんな人間だって、ビクつくだろう。だが、ここで逃げ出されたら、安田刑事の死が無駄になってしまうではないか。

「小林さんの行先はわからないかね？」

私は、置手紙を、ポケットにねじ込んで、管理人を見た。

「わかりませんねえ。それに、あの人は、越して来たばかりで、あまり話もしませんでしたし――」

「いつ、ここへ越して来たんだ？」

「二週間前です」

「その時、契約書は、交わしたんだろう？」

「ええ」

管理人は、契約書を見せてくれた。小林の本籍地は、栃木県佐野市になっている。

そこへ、逃げたのだろうか？

「彼に、恋人がいた筈なんだが、名前や、住所は、わからないかね？」

「さあ、そんな女の人は、見たことはありませんね。いつも、外で会ってたんじゃありませんか」

「もう一度、彼の部屋を見せて貰うよ」

私は、管理人に五〇六号室を開けさせた。テレビの上にあった恋人の写真は失くなっていた。持って逃げたのだろう。部屋中を調べてみたが、手紙や、写真は、一枚も見つからなかった。小林は、自分が追われると思い、行先の手掛りになるようなものは、全て始末してしまったのだろうか。

8

翌日、私は、小林の本籍地である栃木県の県警に調査を依頼した。

安田刑事を射殺した犯人の手掛りは、なかなか得られなかった。捜査刑事は、四人に増やされたが、それでも、突破口は開かれない。

拳銃の方は、少し進展があった。刻印されたナンバーから、岩国基地のＧＩが、関西系の暴力団員に売りつけたものとわかった。

が、それ以上は、進展しなかった。

午後、捜査本部で、私は、一人、電話の前に坐っていた。刑事は、全員、顔のわからぬ犯人を追いかけている。どの刑事も、ほとんど眠っていない筈だった。が、誰も不満は口にしなかった。自分たちの仲間が一人、射殺されてしまったのだ。犯人を見つけ出すまでは、誰も、弱音を吐かないだろう。

電話が鳴った。調査を依頼しておいた栃木県警からだった。

「照会のあった小林義雄ですが――」

「見つかりましたか？」

「それが、あの番地に、小林義雄という人物はいないのですよ」

「何ですって？」

「あの地域の住人にも当ってみたんですが、小林義雄という男は、全然、知らんそうですよ。どうやら、小林という男は、嘘の本籍地を書いていたようですね」

私は、呆然とした。

私は、気を取り直すと、鑑識の飯島技官に電話をした。頭が禿げた、おやじさんの愛称で呼ばれているベテランの技官である。

「おやじさんに頼みがある。新宿左門町の青葉レジデンスの五〇六号室に行って、その部屋から指紋を検出して貰いたいんだ」

「そいつは、殺人犯かい？」

「いや、裁判の証人だが、どうも、うさんくさくなってきたんでね。どうしても、身元を知りたいんだ」

「よっしゃ。すぐ、身元を割り出してやるよ。指紋が、前科者カードにあればの話だがな」

「おやじさん」

「何だい？」

「愛してるよ」

「よせやい」

笑って、私は電話を切った。が、夕方になると、重苦しい仕事が待っていた。死亡した安田刑事の葬儀である。犯人を探し廻っている部下の刑事たちをやるわけにはいかないので、私が、代表する形で出席することになった。

かなり盛大な葬儀なのが、私にとって、なぐさめだった。

一時間ほどいて、私が帰ろうとすると、妹の加代さんが、追いかけて来た。この二十六歳の妹さんは、すでに結婚している。

「兄は、仙台地裁に、証人として呼ばれていたんですけど、死んでしまって、どうしたらいいんでしょうか？」

「仙台地裁へ？」

私は、初耳だった。

「どういうことですか？」

「あたしは、仙台へ嫁入りしているんですけど、今月の初めに、兄が遊びに来たんです」

「それは聞きましたが」

「その時、兄は、一人で松島の方へ遊びに行ったんですけど、そこで、轢《ひ》き逃げを見たんです。それで、証人として、来月仙台地裁へ出る予定になっていたんです」

「その話を、くわしく話してくれませんか」

「仙台の新聞には、かなり大きく出たんですけど、六十五歳のお婆さんが、スポーツカーに、はねられて死んだんです。運転していたのは、あの辺りでは有名な漁業会社の社長の息子さんでした。お婿さんなんです。それを、兄が目撃したんです。そのお婿さんは、否認してるんですけど、兄が、車のナンバーも、運転していた男の顔も覚えていたので、起訴されたんです」

「事件のあったのは、何日か覚えていますか？」

「確か、五月六日だったと思います。連休の翌日でしたから」

「仙台地方の新聞に、くわしく出ていたといいましたね？」

「はい。それで、どうしたらいいでしょうか？」

「私に委せて下さい」

と、私はいった。

何か気になったのだ。

翌日、私は、国会図書館に出かけ、宮城県の新聞の綴りを見せて貰った。

安田刑事の妹がいった轢き逃げ事件は、五月七日の朝刊にのっていた。


〈昨日、午後八時三十七分頃、松島付近の国道で、近くの漁業、青木タミさん（六五）が、車にはねられて死亡した。

自転車で通りかかった安田次郎さん（三七）が、逃走するスポーツカーを目撃し、警察に届け出た。安田さんが覚えていたナンバーから、警察は、仙台市東一番丁にある田口漁業株式会社社長田口徳之助さんの婿養子で、同社の取締役田口雄二郎さん（二五）を逮捕したが、田口さんは、否認している。

目撃者の安田さんは、東京新宿署の現職の刑事で、たまたま、妹さんの嫁ぎ先に来ていたものである。

なお、容疑者の田口雄二郎さんの実父は、東京の著名な弁護士である宮寺誠之介さんで、息子は、無実に決っており、もし、起訴されるようなら、断固として、弁護するつもりだと語っている〉

読み終った時、私は、愕然とした。どこかうさん臭かった事件の謎が、いっぺんに解けたような気がした。

あの古狸の宮寺に、まんまと一杯くわされたのだ。

宮寺は、大会社の婿養子に納まった息子を助けようと考えた。それが、今度の事件の出発点だったのだ。

そのためには、唯一の目撃者である安田刑事の口を封じなければならない。といって、ただ殺したのでは、仙台の事件で殺したとわかってしまう。そこで、七面倒臭い手を考えたのだ。

太田黒の公判は、有力証人が出て来たが、その男が狙われていると思わせる。考えてみれば、殺人指令を、ホテルのロビーでやるというのもおかしいのだ。宮寺は、安田刑事を尾行していたに違いない。そして、わざと、あんな電話を聞かせたのだ。午後九時というのは、別に、あの時間でなくてもよかったのだ。

安田刑事を罠にかける時間が、遅くなったら、もっと遅い時間にして、われわれが、十分、間に合う時間にしただろう。

宮寺が電話した相手は、誰でもない。あの小林義雄だったのだ。

電話を受けた小林は、もっともらしく、カレンダーに、「P・M 9・00 新宿西口公園」と書き込んでから、マンションを出た。それを、私たちが読んで、西口公園に駈けつけると計算してだ。

私も、安田刑事も、まんまと、その罠にはまって、公園に急行した。

小林は、45口径のコルト・ガバメントを持って待ち受け、公園の暗がりから安田刑事を撃ち、拳銃をトイレに投げ込み、さも、自分が狙われたように見せかけるために、倒れた安田刑事の横に、呆然とした顔で立っていたのだ。

小林は狙われている証人という先入観があったから、パラフィンテストもしなかった。

捜査本部に戻ると、鑑識のおやじさんから連絡が入った。

「例の部屋から、指紋が出たよ」

「それで、前科はあるのか？」

「あるねえ。本名は、北島兼之。二十七歳。自衛隊にいたが、婦女暴行で除隊している。五年前だ。射撃の腕はよかったようだ。そのあと、強盗で二年入っている。もう一つ、拳銃密輸が一回。顔写真もあるよ」

「助かったよ」

と、私はいった。

改めて、怒りがこみあげて来た。

どんなことをしてでも、北島兼之を捕えてやる。

その時が、宮寺弁護士の最後の時だ。

私は、北島の顔写真の焼増しを頼むために、立ち上った。

美談崩れ

1

高木は、R支局に来て二年になる。R市は人口十万五千。N県では県庁所在地のN市に次ぐ大都会だが、東京で育った高木には、東北の退屈な田舎町にしか見えなかった。

高木の働いているT新聞では、支局勤めは二、三年といわれている。そのあと、東京本社に呼び戻されるわけだが、明確な規約があるわけではなかった。成績が優秀ならば、一年で呼び戻されることもあったし、逆の場合には、全国の支局を転々とする羽目に遭わないとも限らない。そうすることが、本当の信賞必罰だと、経営陣は考えているようだった。

高木は、最近、焦躁《しょうそう》に駈られることが多くなっていた。R支局に来て既に二年。東京に戻りたい気持は強くなるばかりである。彼と同じ時期に大学を卒業して、T新聞に入った人間は八名。八名とも各支局に廻されたが、そのうち二名は、既に本社に呼び戻されている。高木は、自分の才能に恃《たの》むところがあっただけに、焦躁は深くならざるを得なかった。

R支局に来てから、高木は、スクラップ・ブックを作っている。自分の原稿が記事になったものを切り抜いて、整理したものだが、それを始める時には、ひそかに、二冊目ぐらいで東京に戻れると、甘く考えていたのだが、スクラップ・ブックは、既に、三冊目になっていた。

スクラップされている記事の殆どは、地方的な事件である。全国的な事件をスクープすれば、本社版に載り、金一封が出る。金額は僅かだが、高木が欲しいのは、勿論その金ではない。スクープが認められて、東京行の切符を手に入れることだった。

高木は、まだ、その切符を、手に入れていない。

2

この町は、眠っていると、高木は、腹立たしくなることがあった。ここ二、三年、R市が世の注目を集めたことは、一度もない。北海道・東北を荒し廻った、小児麻痺の猛威も、不思議に、R市を素通りした。全国を逃げ廻った指名手配の殺人犯も、この町には、立ち寄らなかった。殺人事件も、殆ど起きていない。

スクープしようにも、ネタがないのだ。高木の心の中で、暗い欲求不満めいたものが、醱酵《はっこう》してくるようだった。彼が昔読んだ短篇小説に、紙面を埋める記事に困った地方紙の記者が、自分で殺人を犯し、それをスクープするというのがあった。記者根性を皮肉ったパロディだが、高木には、その物語が、パロディに思えなくなる時があった。これは一種の「渇《かわ》き」だろうか。

昭和三十×年三月二十日も、いつもの通り、平穏な朝で始った。

高木は、支局を出ると、警察に足を運んだ。素晴らしい事件が、自分を待ち受けているという期待は、持てそうもなかった。支局に来たての頃は、今日こそはという期待が、持てたのだが、それが裏切られ続けると、期待する心も、怠惰になってしまうのである。

案の定、事件がない。記者クラブでは、麻雀《マージャン》の牌《パイ》の音だけが、賑やかだった。

午後になって、若い警官が一人の男を連行してきた。革ジャンパーを着た二十二、三歳の若者で、額に血がこびりつき、顔色も蒼い。

「殺人《ころし》事件ですか？」

と、詰めていた記者達は、一瞬色めき立って、その警官と若者を取り囲んだが、

「事故です。交通事故」

という返事に、白けた顔になった。

静かなR市でも、車の増加が激しく、道路の悪いせいもあって、交通事故だけは、激増している。ありきたりの交通事故では、三行記事にしかならないのだ。

だが、放っておけもしない。記者達は、事故の模様を聞くために、交通係の係官を囲んだ。

事故の概要は、こうである。

午前十一時五分頃、映画館Mの前で、駅の方向から走って来た小型トラックが、折から下校中の小学生を、はねて即死させた。

死んだ少年の名前は伊藤晋吉（十一歳）。

小型トラックを運転していた、家具店の店員、田中純一（二十二歳）は、過失致死の疑いで、逮捕。革ジャンパーの若者がその運転手で、額の傷は、急ブレーキをかけた時、ハンドルにぶつけたのだという。

聞いているうちに高木は、失望を深めていた。死んだ子供には気の毒だが、どこから見ても、ありふれた交通事故でしかない。轢《ひ》かれた人間が、市長とか、著名な映画

俳優ででもあれば、ニュースだが、小学生では見出しにもならない。子供の方も、急に飛び出したらしいということでますます型にはまった事故のように思えてきた。鉛筆を持つ手が自然に重くなったが、高木が、ふと眼を上げたのは、係官が、

「この事故には、もう一人被害者が出ているのです」

と、いったからである。

「子供を助けようとして、道路に飛び出した女性が、同じ車にはねられて、負傷したのです」

「母親ですか?」

「いや、通りすがりの女性です。兼松多恵子という名前しか判っておりません。目下、近くの病院に運ばれて、手当をうけていますが、生命《いのち》に別条はないようです」

高木が、「兼松多恵子」という名前を、メモした時、隣にいたA紙の記者が、小声で、「その女が死んで、子供が助かれば、泣かせる美談になるんだがな」と、呟くのが聞えた。非情ないい方だが、本音《ほんね》かも知れなかった。高木も、内心同じことを考えていたのだ。

〈美談崩れ〉

ふと、そんな言葉が、高木の脳裡をかすめた。不謹慎なことは判っていた。だが、

今の高木の胸に、死んだ少年への憐憫《れんびん》の情はなかった。

3

上手《うま》く書けば、「美談」になるかも知れない。負傷した女が、死んだ少年の担任の教師ででもあったら、と、高木は思った。

〈教え子を救おうとして、負傷——〉

そんな言葉を、高木は考えてみた。美談崩れで、泣かせる記事にはなりそうもないが、三行記事では、なくなるかも知れない。

死んだ少年の家庭は、平凡なサラリーマンで、名士でも資産家でもなかった。ニュース・バリューのない家族である。

高木は、女が運ばれた病院に廻ってみた。死んだ子供の方に、ニュース価値がないとしたら、負傷した女に重点を置く以外に、記事をふくらませる方法はない。

病院には、各紙の記者も集っていた。考えることは同じなのだ。

病室には、面会謝絶の札が下っていた。

十分ほどして、医者と三十歳前後の男が、顔を出した。負傷した兼松多恵子の夫だった。

記者達が、二人を取り囲んだ。医者は、怪我《けが》はたいしたことはないが、ショックを受けているので、安静が必要だと、いった。

夫の兼松は、痩せた男で、流石《さすが》に、蒼白な顔をしていた。記者の一人が、「奥さんは、小学校の教師じゃありませんか？」と、訊いた。高木は、思わず苦笑したが、兼松の答えは、ノウであった。これで美談の種が、一つ消えた。

「お子さんは？」

という質問も出た。恐らく同じ年頃の子供でもいれば、美談が作り易いと考えての質問だったのだろうが、兼松は、重い声で、

「子供は、ありません」

と、いった。否定の調子が強かったが、高木は気に止めなかった。美談にしにくくなったと、思っただけである。

高木達は、兼松多恵子との面会を望んだが、断わられた。兼松も医者も、会うのは困ると、いった。

締切りの時間が迫っていた。高木は、諦めて支局へ戻った。

高木は、甘い美談仕立ての原稿を書いた。支局長は、眼を通すなり、

「甘過ぎる」

と、眉をしかめた。

「これじゃあ、完全なメロドラマだ。それに長過ぎる」

支局長は、皮肉ないい方をして、べたべたと朱筆を入れた。

高木は、初老に近い支局長を好かなかった。一生支局長で終るような人間に思えて、内心軽蔑もしていた。

その記事は、結局、ひどく短いものになってしまった。

4

翌朝、支局に顔を出すと、同僚の内田が、

「支局長が、かんかんだぞ」

と、いった。

「どうやら、昨日の交通事故の記事らしいがね」

「短く削ったのは支局長だぜ。俺が怒鳴られる理由はない筈だが」

高木が首をひねった時、支局長が顔を出して、「一寸、来《き》給《たま》え」と、渋い表情で呼んだ。

「君は、新聞記者になって、何年になる？」

「二年と三ヵ月です」

「それなら、取材の要領くらい、もう呑み込んでいる筈だ」

「何のことですか？」

「昨日の交通事故だ。君は肝心のことを抜かしている。これを見給え」

支局長は、インクの匂いのする新聞を、放って寄越した。競争紙のA紙だった。

高木は、社会面を開いた。


〈必死の助けも空し、小学生死ぬ〉


という見出しが、眼に入った。割と大きな記事にしているなとは思ったが、高木は別に驚かなかった。だが、記事を読んでいくうちに、高木の顔が、蒼くなった。

〈助けようとした兼松多恵子さんも、二年前に、一人息子の一郎君を、輪禍《りんか》で失っている。しかも、一郎君は、当時九歳で、生きていれば、昨日死んだ伊藤晋吉君と

同じ年で——〉

高木は、いきなり頭を殴られたような気がした。兼松は病院で、子供はないといったが、あの時の、異様な声の調子に、気付くべきだったのだ。兼松夫妻も、子供を輪禍で失っていた。だから、あの質問に答えるのが辛かったのだろう。何故、それが読み取れなかったのか。

A紙の記事は更に、負傷した兼松多恵子の談話として、「一瞬、死んだ子供の姿が眼に浮かび、夢中で、飛び出していました」と書いている。面会謝絶の彼女から、取材できる筈がないから、明らかに嘘だが、彼女がショックから立ち直れば、きっと同じことをいうだろう。それに、談話が嘘でも、高木のミスは消えてはくれない。

「どうだね」

支局長は、意地の悪い眼で高木を見た。

「その書き方なら、ちゃんとした美談になっている。君の原稿みたいな、内容のないものとは違うだろうが」

「————」

高木は、一言もなかった。こんな初歩的なミスを重ねていたら、永久に本社へ戻れなくなってしまうかも知れぬ。高木は、一層、焦躁が深まるのを感じた。

そのあと、日課の警察《サツ》廻りに出たが、足が重かった。ミスを取りかえすような事件もない。火事一件と、窃盗事件があっただけだった。

夜、下宿に戻っても気が重かった。ミスが、簡単なものだけに、余計にこたえるのだ。

高木は、二年前の新聞を引っぱり出した。あの事件は、もう終ったと判っていても、胸につかえが、残っていたからである。

二年前。正確にいえば、高木が、R支局に来る直前に起きた交通事故だった。確かに、そこに、兼松一郎の名前があった。

〈昨日午後一時頃、R市××町に住む、会社員兼松信三さんの長男一郎君（九）は、富士建材運転手清野武夫（三〇）のオート三輪にはねられ、頭の骨を折って死亡した。一郎君は、仲良しの伊藤晋吉君（九）と、近くの××小学校から下校の途中でこの輪禍に遭ったもので、清野運転手を、過失致死の疑いで調べている〉

読んでいくうちに、高木の眼が次第に険《けわ》しくなった。これは、単なる暗合なのだろうか？　ここに出ている伊藤晋吉は、昨日小型トラックにはねられて死んだ少年と同一人ではないのか。名前も同じだし、年齢も合っている。高木は、周章《あわ》て、今朝の新聞を拡げてみた。学校名も同じだ。同一人なのだ。

二年前、一人の少年が交通事故で死に、その時傍にいた少年が、二年後、同じように輪禍に遭って死んだ。勿論、偶然の一致に違いない。だが、その一致に、高木は引きつけられた。

子供同士が仲良しなら、親同士も恐らく面識があったであろう。狭い地方都市なのだ。その可能性が強い。

(兼松多恵子は、子供が、顔見知りの伊藤晋吉と知って、助けようとしたに違いない)

こう考える方が、理屈に合っているような気がした。顔見知りの少年だったからこそ、危険を忘れて、飛び出したのだろう。

だが、この推測が当っていたとしても、新しいニュースにはならない。昨日だったら、「美談」の材料にできたろうが、知るのが遅過ぎた。高木は、急に馬鹿らしくなって、新聞の綴りを放り出した。

5

兼松多恵子の入院している病院は、高木の下宿から、R支局への途中にある。そうでなかったら、翌日、覗いてみる気にはならなかったろう。内心では、この事件を諦めていたのだから。

病院の廊下に、記者の姿は見当らなかった。二日前の交通事故は、既にニュースとしての価値を失ってしまっている。当然の話だった。今更、兼松多恵子の談話を取りに来る物好きな新聞記者が、いるわけがなかった。

病室には、相変らず、夫の兼松が頑張っていた。寝不足と見えて、顔がはれぼったい。

「家内は、今、眠っています。どんなご用件でしょうか？」

「死んだ伊藤晋吉という子供を、前から、ご存知だったんでしょう？　貴方も、奥さんも」

高木は、兼松の顔を覗き込んだ。自然に、非難めいた口調になったのは、最初の日に、何もかも話してくれていれば、A紙に抜かれずに済んだし、支局長に皮肉をいわれずに済んだのだという気持が、あったからだ。

すぐには、返事がなかった。

兼松は、急に暗い警戒する眼になった。

「何故、そんなことを、お訊きになるんですか?」

「ただ、確かめたかっただけです。どうなんですか? ご存知だったんでしょう?」

「いや、知りませんでした。新聞で見て、初めて知ったんです。家内も知らなかった筈です」

兼松は、突き放すようないい方をした。高木は、「嘘だ」と、感じた。この男は、明らかに嘘をついている。否定の調子の強すぎるのが、嘘を証明しているようなものだった。だが、高木には、兼松が、何故、むきになって否定するのか判らなかった。死んだ伊藤晋吉を、前から知っていたとしても、それが隠さなければならないこととは、どうしても思えない。美談のネタにこそなれ、非難はされない筈である。自然に疑惑が生れた。

(何かあるのだろうか?)

高木は、警察に廻ると、交通係の警官をつかまえた。係官は、まだあの事故を追いかけているのかと、意外そうな顔付きをした。

「いや、二年前の事故のことを、知りたいんです」

「二年前？　ああ、A紙にあった奴だね。あれは事実だよ。兼松さんの一人息子も、二年前に、交通事故で亡くなっている」

「古新聞を、引っぱり出して、読んでみたんですがね。二年前、兼松一郎が死んだ時、その傍に、今度死んだ伊藤晋吉がいたそうですね。一緒に下校の途中、と書いてありましたが」

「その通りだよ。付け加えることは、何もない」

「本当に、新聞の記事通りなんですか？」

「新聞記者が、新聞を信用しないのかね？」

「そうじゃありませんが、何か、裏があるのじゃないかと思って」

「あの事件には、裏も表もありゃせんよ。君も、詰らんことに首を突込まんことだね」

「詰らんこと？」

「そうだ。詰らんことだ。止した方がいい」

係官は、断定的にいい、急に用件を思い出したからといって、席を立ってしまった。

高木は、係官の態度に、兼松に感じたと同じ不審さを感じた。係官は明らかに、二年前の事故に、触れたくないのだ。急用を思い出したというのも、嘘に決っていた。疑惑が深くなった。

(矢張り、何かあるのだ)

高木は、支局に戻ると、同僚の内田に取材の時の事情を訊いてみた。内田は、二年前の記事を書いたことは、思い出したが、警察の発表を、そのまま書いたのだと、いった。

「ありふれた事故だったから、そのまま書いたんだが、何かあるのか?」

「いや」

と、高木は、曖昧な表情になった。何が隠されているのか、高木にも想像がつかない。

高木は、今度の事故で死んだ伊藤晋吉の両親に会ってみることにした。二年前の事故と、何処かで、つながっているに違いないと思い、そのことを、伊藤晋吉の家族が知っているような気がしたからである。

「忌中」の貼紙のある小さな家は、暗い空気に包まれていた。奥の部屋に、位牌と、笑っている子供の写真が飾られ、その前で、父親と母親が、黙念と坐っていた。

高木が、兼松多恵子の名前を口にすると、

「兼松さんのことは、よく知りません」

と、父親がいった。妙な言葉であった。兼松多恵子は、彼の息子を助けようとして、負傷したのである。それを、よく知らないというのはどういう意味なのか。高木は、相手の顔に、兼松多恵子に対する感謝の気持が、微塵《みじん》も浮かんでいないことに気付いた。結局、子供が助からなかったからなのか、それとも、他に理由があるのだろうか。

高木が、二年前の事故に言及すると、相手の表情は、一層険しいものになった。

「事故のことは、訊かんで下さい」

父親が、強い声でいった時、それまで、黙って、位牌に眼をやっていた母親が、ふいに、甲高い声で、

「晋吉は、あの女に殺されたんです！」

といった。父親は、狼狽した顔で、

「止めなさい！」

と叱った。高木の眼が光った。

「殺されたというのは、何のことです？」

「何でもありません。家内は、興奮しているのです」

「しかし、殺されたというのは、只事《ただごと》じゃありませんが」

「帰って下さい」

「しかし――」

「お帰り下さい」

父親は、固い声でいい、高木が、なおも質問を重ねようとするのを、腕を取って、押し出すようにした。

高木は、自分の背後で、硝子《ガラス》戸が激しい音を立てて締まるのを聞いた。が、同時に、母親の嗚咽《おえつ》も、耳にしたような気がした。

6

二年前の事故に、何かが隠されている。高木の心の中で、それは確信になった。だが、誰に訊けばいいのか。警察は、何故か口を閉ざしているし、二人の少年は既に死んでいる。家族も、暗い沈黙しか示してくれない。

高木は、事故の当事者が、もう一人いたことを思い出した。二年前の事故の時、オート三輪を運転していた、清野武夫という男である。

新聞には、確か、富士建材勤務とあった筈だった。高木は、駅前に店を開いている富士建材を訪ねてみた。清野はまだ、そこで働いていた。筋肉質の小柄な若者である。

高木は、清野を会社の帰りに、近くのバーに誘った。律義《りちぎ》そうな青年で、無謀運転をするような人間には見えない。グラスが重なるにつれて、口が軽くなった。二年前から、車の運転を止めて、事務に廻して貰ったのだと、清野はいった。

「二年前というと、事故を起こしてから？」

「ええ。こっちには、責任がなかったんですが、子供を轢いちまったもんだから、ハンドルを握るのが、怖くなっちまって」

「あの事故の真相は、どうなんだね？」

「真相――ですか？」

「ああ。事故の原因は、一体、何だったんだね？」

「僕のせいじゃありませんよ」

「子供が、いきなり飛び出して来たのかね」

「飛び出したっていうのは、正確じゃありません」

「じゃあ、正確に話して貰えないか？」

「事故の起きた場所は、歩道と車道の区別のない狭い道路なんです。車を、あの道路に入れると、丁度《ちょうど》前を、子供が二人並んで歩いていました」

「伊藤晋吉と、兼松一郎だね」

「そんときは、名前なんか判りゃしません。子供達が、よく肩と肩をぶつけあって、押しっくらをすることがあるでしょう」

清野は、肩を動かして、その真似をして見せた。

「二人の子供は、歩きながら、それを始めたんです。僕は、危いなと思いました。その途端に、片方の子供が押されて、道路の中央によろけて来たんです。僕は周章《あわ》て、ブレーキを踏みました。だが、間に合わなくて――」

清野は、グラスを持ったまま、眼を伏せた。その時の光景を、思い出したのかも知れない。

「本当は、誰にも喋るなと、警察にいわれていたんです。何も判らずに、間違って友達を殺してしまった伊藤とかいう子供の心を、傷つけたくないというのです。だから、新聞には、ただ歩いていて、車にはねられたとしか、出なかった筈ですよ」

「知ってる」

「あんたに本当のことを喋ったのは、酒を奢《おご》って貰ったからじゃありません。新聞で、伊藤という子供も死んだと読んだからです。もう隠しておかなくても、いいと思って――」

「あの時死んだ兼松一郎の両親は、真相を知っていたんだろうか？」

「知っていましたよ」

「何故、そういえる？」

「裁判に訴えたからですよ」

「君を？」

「僕じゃありません。押した子供の両親をです。何でも、百万円の賠償を要求したとか聞きました。弁護士が、僕のところにも来て、伊藤って子が、押して殺したことを証言してくれっていいましたよ。僕は、夢中で判らなかったといったんですが、目撃者の中に、お節介なのがいて、死んだ子供の両親に、何もかも喋っちまったらしいんです」

「裁判の結果は？」

「知りません」

「君を訪ねて来た弁護士の名前は、憶えていないかね？」

「確か、吉牟田《よしむた》とかいってました。太った大きな男です」

高木は、その名前をメモしてから、清野に礼をいって別れた。

7

弁護士の吉牟田有彦は、簡単に会ってくれた。

「確かに、私が引受けた事件です」

と、吉牟田はいった。

「兼松夫妻にしてみたら、百万円の金が欲しかったわけではないでしょうな。一人息子を失った悲しみや怒りを、何かにぶつけたかったんだと思う。だが、警察は、取り上げてくれない。だから、民事に訴えたんだと思います」

「相手の両親を訴えたそうですね？」

「九歳の子供を訴えられますか。両親の躾《しつけ》が悪い。その責任を取れということにしたのです」

「判決は？」

「負けました。負けるのが当然だったと思いますが、しかし、無理をしてでも勝ちたかった。金のためとか、私の面子《メンツ》のためじゃありません。裁判に勝つことで、僅かでも、兼松夫妻の気持が安まったろうにと、思うからです。その点で、判決に温情が籠っていなかったと、残念でならないのです」

「負けて、兼松夫妻は、落胆したでしょうね？」

「落胆という、単純な感情じゃなかったと思いますね。裁判に敗れたことで、悲しみや怒りを、もう何処にも向けようがなくなってしまったのですからね」

「判決があったのは、いつですか？」

「四日前の三月十九日です」

「三月十九日――」

高木は、宙に眼を向けた。小型トラックにはねられて、伊藤晋吉が死んだのは、その翌日の三月二十日なのだ。裁判に敗れたことで、新しいショックを受け、閉ざされた心を持て余していた兼松多恵子は、その翌日、学校から帰ってくる伊藤晋吉を目撃した。

自分の一人息子を、押し倒して殺した少年だ。自分の子供は死に、死なせた方の子供は、元気に通学している。その時、伊藤晋吉の姿が、明るく見えれば見えるほど、兼松多恵子の悲しみと怒りは、激しかったに違いない。一瞬、激情に襲われたと考えても、不自然ではないだろう。

その時、小型トラックが突進してきたのだ。助けるふりをして、逆に伊藤晋吉の身体を押す。一瞬のことだから、彼女が子供を助けようとしたのか、突いたのか、判りはしない。

「美談」などではなく、あの事故は、殺人事件《ころし》ではないのか。高木は、興奮のために、身体が、こわばるのを感じた。殺人事件《ころし》なら、間違いなく特ダネだ。金一封ものだ。東京行の切符が手に入るかも知れない。

「君、一寸――」

吉牟田の声で、高木は、我にかえった。つい、弁護士事務所にいることを忘れてしまっていたのだ。吉牟田は苦笑していた。

「もう訊くことは、ありませんか？」

「ありません。ありがとうございました」

高木は、周章《あわ》て、頭を下げた。

高木は、街へ出た。

既に、夜になっていた。風が冷たかったが、高木は、その冷たさを感じなかった。考えることが、頭に溢れ、調べなければならないことが、いくらでもあるような気がした。そして、いつの間にか胸の奥で結論を下していた。これは、殺人事件なのだと。

問題は、証明できるかどうかだった。伊藤晋吉の母親は、「晋吉は、あの女に殺された」と叫んだ。彼女は、兼松多恵子が、自分の子供を殺したと信じている。彼女は正しいかも知れないが、今の段階では、盲信に過ぎない。彼女の言葉だけで、殺人《ころし》事件の記事を書くわけにはいかなかった。

高木は、目撃者に当ってみることにした。彼等の証言が、一番物をいうのだ。彼等が、高木の期待する言葉を口にしてくれたら、殺人《ころし》事件の記事が書ける。

8

三月二十日の事故の目撃者は、二人だった。一人は、映画館Mでモギリをやっている十八歳の少女だった。名前は香山文子。高木は、最初に彼女に会った。

顔一杯ににきびの出た、好奇心の強そうな娘だった。鼻が低く、眼ばかり大きい。

高木が、二年前の交通事故のこと、裁判のことなどを話して聞かせると、香山文子は、途端に眼を輝かせた。いかにも、話題に飢えていたといった恰好だ。モギリという単調な仕事の毎日では、刺戟らしい刺戟もないのだろう。高木は、話し終ってから、「どうだね？」と訊いた。

「もう一度、事故のときのことを、思い出してみてくれないか？　兼松多恵子が、子供を突いたようには、見えなかったかね？」

「そうねえ」

文子は、仔細《しさい》らしく首をかしげた。高木の話で、彼女の頭の中に、一つの先入観が生れている。暫く黙っていたのは、あの日の光景を見る眼が、変って来たからだろう。

「そういえば、あれは、助けようとしたんじゃなくて、突いたのかも知れないわ。引き戻そうとしたようには見えなかったわ。そうよ。あの女は、子供を突き飛ばしたのよ」

香山文子は、最後を、断定するようにいった。多少迎合の調子があったが、高木は満足した。もう一人の目撃者は、パン屋の神《かみ》さんだった。彼女は、客に釣銭を渡しながら、その肩越しに事故を目撃したのだという。三十五、六の太った女だった。

高木が、話し出すと、同じように眼を輝かせた。一瞬、他人の不幸を喜ぶような、残忍な眼の光さえ、高木は感じたくらいだった。高木は、抜け目なくもう一人の目撃者も、兼松多恵子が、子供を突き飛ばしたことを認めたと付け加えた。

「そういえばねえ」

と、パン屋の神さんは、したり顔でいった。

「あたしも、助けるにしちゃあ、変だと思ってたんですよ。確かにあれは、突き飛ばしたんですよ。怖いもんですねえ、女の執念て。あたしも女ですけど」

彼女は、首をすくめて見せた。彼女の頭の中で、事故の光景は、完全に変ってしまったらしい。兼松多恵子は、美談の主から、殺人者に転落した。どちらの姿が歪《ゆが》んだものか、神さん自身にも判らないだろう。

高木は、興奮を嚙みしめていた。上手《うま》く行きそうだった。このあと、支局長を説得できれば、完全なスクープ記事が生れるのだ。他紙の記者達も、R市の警察も、腰を抜かすだろう。そして、上手くいけば東京行の切符が手に入る。

高木は歩きながら時計を見た。既に、九時に近かった。明日の朝刊には間に合わないが、夕刊には特ダネが載るのだ。

高木は、下宿の近くまで来て、ふと兼松多恵子の病院を覗いてみる気になった。勝利を反芻《はんすう》したい気持からだった。

看護婦に、知り合いの者だというと、簡単に病室に通してくれた。部屋に夫の姿はなかった。兼松多恵子は、眼を閉じていた。

初めて見る兼松多恵子は、顔の小さい平凡な女だった。高木の見守る中で、多恵子は、急に夢にうなされたように、小さな呻き声を上げてから、眼を開いた。

多恵子は、そこに高木の姿を発見して、狼狽した表情になった。

「ひどく、うなされていましたよ」

と、高木はいった。

「矢張り、気が咎めますか？」

「誰なんです？　貴方は」

多恵子は、小さな声でいった。怯えた眼になっていた。

「新聞記者です。僕は、何もかも調べましたよ。二年前の事故のことも、裁判のことも、その裁判に負けたこともね。貴女は、伊藤晋吉を助けようとして飛び出したんじゃない。貴女は、突き飛ばして、あの子を殺したんだ」

「嘘です！」

「伊藤晋吉の母親は、貴女に殺されたと泣いていますよ。事故の目撃者も、貴女が子供を助けようとしたんじゃなくて、突き飛ばしたんだと証言している。それでも貴女は、嘘だといえるんですか？」

「――――」

「伊藤晋吉の位牌の前で、殺す積りはなかったと誓えますか？」

高木は、多恵子の顔を、意地悪く覗き込んだ。彼女の小さく喘ぐ声が聞こえた。

「どうです。誓えますか？」

「判りません」

「判らない？」

「私は、死んだ一郎のことばかり考えていたんです。その時、あの子が轢かれそうなのを見て、夢中で飛び出したんです。でも、その時の気持は、自分にも判りません。助ける積りでした。でも、殺したい気持がなかったかといわれると、私にも判らないんです。本当に、判らないんです」

「貴女は、殺す気だった。だから、うなされていたんだ」

高木は、きめつける調子で、いった。

返事はなかった。兼松多恵子は、固く眼を閉じていた。蒲団から出ている指先が、微かに震えているのを、高木は見た。白状したようなものだと、高木は思った。矢張りこれは殺人《ころし》事件なのだ。

9

翌日高木が支局長に報告すると、いつも無表情なその顔が、ぱッと輝いた。

「本当なら、間違いなく特ダネだが、大丈夫なんだろうね？　誤報では済まない問題だからな」

「大丈夫です。目撃者は二人とも、兼松多恵子が子供を助けようとしたのではなく、突き飛ばして、殺そうとしたと証言しています」

「それは、本当だろうね？」

「本当です。第一、兼松多恵子自身、否定していないんですからね」

「本人が？」

「昨夜会って来ました。あの時、殺す積りだったかも知れないと、いってました。殺意を認めたわけですよ。これは間違いなく殺人事件です」

「記事に責任を持てるんだな？」

「勿論です」

高木は強い声でいった。支局長の小心さが歯がゆかった。これだけの材料を揃えてきたのに、何故、ためらう必要があるのだろうか。

「よし。夕刊に入れよう」

暫く考えてから、支局長は、やっと決断を下した。それでも、高木の作った刺戟的な原稿は、支局長によって注意深く訂正され、夕刊の記事は、「美談は、殺人事件か？」と、疑問形になっていた。

高木には、そのことが不満だった。が、疑問の形でも、記事になったことは、嬉しかった。警察は、この記事を是認するにしろ、否定するにしろ、何等かの動きを示すだろう。恐らく、二人の目撃者を呼ぶに違いない。そうなれば、あの二人は、高木にしたと同じ証言をする。警察は、捨てて置けなくなる。

(結局、警察も否定できなくなるだろう)

高木は、新聞に眼を通しながら、前途を楽観していた。これは、間違いなく特ダネなのだ。

「あとは、警察が動いてくれるかどうかだな」

と、支局長もいった。

「警察は、兼松多恵子を取調べることになりますよ」

高木は、確信を持っていった。これは、殺人事件《ころし》なのだ。警察が無視したら、それは怠慢だ。夕刻、六時近くなって、警察に廻っていた内田記者から、「何となく、あわただしい空気だ」という電話が入った。

「どうやら、本当に特ダネを摑んだようだな」

支局長が、高木を見ていった時、再び電話が鳴った。

支局長が受話器を取った。その顔を高木は、期待を持って眺めた。支局長の顔が、満足気にほころんだら、それは警察が、事件の再調査に踏み切ったという知らせを意味している。

しかし、支局長の顔に浮かんだのは、激しい狼狽の色だった。受話器を置いた時、彼の顔色は蒼白だった。

「兼松多恵子が、自殺したよ」

支局長が、ぼそッとした声でいった。

「遺書は？　遺書は、あったんですか？」

高木が叫んだ。罪を認めた遺書がありさえすれば、兼松多恵子が死んでも、特ダネは成立するのだ。しかし、支局長は、蒼い顔のまま、「なかったそうだ」といった。

「じゃあ、どうなるんです？」

「判らん」

支局長は、重い声でいった。

「判るのは、夫の兼松信三が、我々を告訴するに違いないということだ」

「何故、告訴を？」

「何故？」

支局長が、声を荒くした。

「そんなことが判らないのか。夫なら、妻の多恵子が、疑惑を晴らすために自殺したと考えるのが当然だ。我々が自殺に追いやったと考えるのが、当り前じゃないか。告訴されても、本当に大丈夫なのか？」

「大丈夫ですよ」

高木は、低い声でいった。あの二人の目撃者は、兼松多恵子が、伊藤晋吉を突き飛ばしたと、証言してくれる筈なのだ。いや、必ずしてくれるに決っている。

10

翌日になると、支局長の予想通り、兼松信三はT新聞を告訴した。彼は記事の取消し、謝罪文の掲載、それに、記事を書いた記者の馘首《かくしゅ》を要求してきた。

高木は自分が被告の立場に立たされたのを感じた。彼は駈け廻って、兼松多恵子を追い詰めることに成功した。が、今度は逆に、高木自身が追い詰められたのだ。

しかし、高木はまだ、不安は感じていなかった。二人の目撃者が証言してくれれば、兼松の告訴をはね返すことが出来ると思っていたからである。

昼近くなって、支局長が警察に呼ばれて、あわただしく出かけて行った。支局長は二時間ほどして帰ってきた。その暗く濁った顔を見て、高木は、急に不安になってきた。

「まずいことになった」

と、支局長はいった。

「我々の敗けだ」

「しかし、目撃者は——」

「あの二人は警察に呼ばれて、兼松多恵子は、伊藤晋吉を突き飛ばさなかった、助けようとしたと、証言したんだ」

「そんな馬鹿な。僕には、突き飛ばしたと証言したんですよ」

「私も、それをいった。そうしたら、あの二人が何といったと思う。いいもしないことを新聞に書かれて、迷惑していると、逆に喰って掛って来たんだ」

「嘘だ。あの二人は、兼松多恵子が自殺したもんだから、急に怖気《おじけ》づいたんだ。自分がいい子になりたいもんだから、嘘をついてるんですよ」

「そうかも知れん。だが、それを証明できるのか？」

「証明？」

「そうだ。証明はできまい。死んだ伊藤晋吉の母親さえ、前言を取消して、兼松多恵子は、いい人だったといってる。いざとなれば、みんな自分がいい子でいたいんだ。勝目《かちめ》はない。取消しの記事を出すことにした」

「僕は、馘首《くび》ですか？」

「いや、君のことは、必死に弁明してやったよ。兼松信三も納得してくれた。だが、此処においておくわけにもいかん。本社に話して、北海道の支局にでも、行って貰うことになるだろう。辺鄙《へんぴ》なところだが、空気はいいよ」

支局長は、恩着せがましくいった。

高木は、黙って頷いた。何をいっても、無駄な気がしたからである。この支局長だって、自分がいい子でいたいのだ。いざとなれば、誰も戦う者などいる筈がない。高木一人では、戦えない。

高木は、自分の机に戻って、煙草を取り出した。手が微かに震えた。

（兼松多恵子は、本当に、抗議の自殺なのか、自責の念からの自殺ではないのか）

それも、もう判らなくなった。遺書はないことになっているが、それだって、不利な遺書だったから、夫の兼松信三が焼き棄ててしまったのかも知れないのだ。だが、それも、もう調べようがない。判っているのは、東京が、ますます遠くなったということだけである。

高木は、煙草に火をつけた。手の震えは止まっていた。

柴田巡査の奇妙なアルバイト

1

城南の盛り場にある派出所に勤務している柴田巡査は、年末になり、寒さが厳しくなってくると、がぜん忙しくなる。

本職の仕事の方も、もちろん年末は忙しいのだが、彼の場合は、それにアルバイトが重なるからである。

自《みずか》ら「ちょっと毛色の変った慈善事業」と呼んでいるこのアルバイトは、勤務中にやることもあれば、非番の時にやることもある。

今日は勤務中にやることに決めて、柴田は、若い小坂巡査と、午後の警らに出た。

この派出所の担当地区内には、興行街、商店街、飲食街、そして怪しげな旅館《ドヤ》の立ち並ぶ一角がある。ここは、人々の歓楽の場所であると同時に、人々の吹き溜りの街でもあるのだ。

柴田と小坂巡査は、まず、興行街から警らを開始する。

年末らしく、映画館やストリップ劇場《ごや》の前には、門松が立ち、しめ縄が下ってい

る。看板も、いつもより大きく派手になっているようだ。

だが、不景気なのか、客の入りはあまりよくないようである。

失業中なのか、ウィーク・デイの午後三時という時間に、ジャンパー姿の若者が、

映画館に入るでもなく、ふらふら歩いていたりする。

二十五歳と若い小坂巡査は、独身だけに、ストリップ劇場《ごや》の看板や写真を、特に熱

心に観察する癖がある。そんな時、柴田は、つき合って、ストリップ劇場《ごや》の前で立ち

止まる。四十歳の柴田は、ひと回り以上も年下の小坂巡査が、可愛いくもあるし、時

には、羨やましくもあった。

パチンコ屋だけは、相変らず混んでいる。どう見ても、サラリーマンの感じの男

が、昼間から熱心に弾《はじ》いているのは、どういうことなのだろうか。

飲み屋の並ぶ地区は、この時間は、まだ眠っている。

深夜になると、毎日のように酔っ払い同士の喧嘩があって、特に年末に入ると、一

日に二件、三件ということも珍しくなくて、柴田たちは、きりきり舞いさせられるの

だが、ピンクキャバレーや、小さなバーや、一杯飲み屋の並ぶこの一帯も、今は、眠

った赤ん坊のようにおとなしい。

酔っ払いが、ぶっ倒れていたり、ゲロゲロやっていたりする路地では、子供たちが、キャッチボールをしていた。受けそこなったボールが転がって来たのを、柴田が拾って投げ返したが、四十歳の彼には、コントロールがままならず、あらぬ方向へ飛んでいってしまった。

柴田は、「ごめん、ごめん」と、子供たちにあやまりながら、小坂巡査と、大通りを渡り、商店街に入った。

こちらは、夕食の買物をする奥さん連中、というより、ここは下町だから、かみさんたちと呼んだ方がいいだろう。若いのや、年とったのや、ジーパン姿や着物姿のかみさん連中で賑《にぎ》やかだ。

柴田は、そんな人混みの中を歩きながら、次第に緊張した表情になっていった。雑沓の中の犯罪を予想してではない。そんなものは、長い警官生活で馴れていた。彼が緊張したのは、いよいよ、今日のアルバイトを、この商店街で始めることになっていたからである。

柴田は、商店街のほとんどのおやじさんや、かみさんたちと顔見知りだった。そのひとりひとりに、挨拶し、ちょっと店内をのぞいていく。

ここには、中型のスーパーも進出している。

柴田は、今日のアルバイトは、このスーパーでと決めていたから、小坂巡査と、店内に入って行った。

店内も、かみさんたちで一杯だ。レジでは、キーを叩く音がやかましい。

だいだい色のユニフォーム姿の店長に、小坂巡査が、

「異常ありませんか？」

と、きく。毎日同じ言葉だ。店長の方も、

「異常ありません。ご苦労さまです」

同じ言葉を返してくる。

柴田は、二人のやりとりを聞きながら、店内に並んでいる品物を物色した。

(三ヵ月だからな)

と、柴田は、自分にいい聞かせた。

(少し高目のものにしないと、もっともらしく見えないかも知れないな)

そう考えながら見ていくと、スーパーというところは、あまり高価な品物のないところである。

仕方なく、眼に入った中で、一番高価で、形の小さなものと思い、テレビ、ラジオ

製品を売っている場所へ、身体を移して行った。

六千円の定価のついた、掌に入るようなラジオが、四、五台並んでおいてある。それを手に取って眺めていたが、人の眼のないのを見すまして、その一台を、素早く、ポケットの中に放り込んだ。

もうこれで七回目だというのに、瞬間、柴田の背筋を、何ともいえぬ戦慄が刺し貫いた。

2

「気分でも悪いんですか？」

スーパーを出たところで、小坂巡査が、並んで歩きながら、心配そうに、柴田の顔をのぞき込んだ。

柴田は、一瞬、どきっとしながら、

「どうしてだ？」

わざと、強い声でき返した。

「顔色が悪いですよ」

「昨日から風邪気味でね。熱も少しあるらしい」

「今年の風邪は、性質《たち》がよくないそうだから気をつけて下さい」

「ありがとう」

「うちの親爺がいってましたが、風邪には、やはり、薬局の薬なんかより、玉子酒がよく効くようですよ」

「じゃあ、家に帰ったら、さっそく飲んでみるよ」

「玉子酒の作り方ですが――」

「知っている」

柴田は、若い小坂巡査が、何んにも気付いていないらしいと思って、ほっとした。

約一時間で、一回の警らを終り、二人は、派出所に戻った。

日誌をつけ、他の二人の警官と交代して、柴田は、家に帰る。家といっても、近くにある官舎である。

2DKの官舎に戻ると、例によって、妻の君子が、ぶすっとした顔で迎えた。君子は、いつも機嫌が悪い。

もちろん、昔からこんなだったわけではない。見合いで結ばれた頃は、むしろ、可愛らしく、控えめな女だったのだが、いつまでたっても、いっこうに平巡査から昇進しない柴田に対して、次第に、いらだちと軽蔑を感じ始めていったようだ。子供が出来ないことも、君子のいらだちに拍車をかけたようである。

柴田だって、昇進はしたいし、子供も欲しいのだが、こと志と違っただけのことである。昇進試験は、不運にも、いつも合格しなかった。昇進は、試験だけでなく、日頃の成績も加算されることになったが、こちらの方も、手柄を立てるべき事件に、なかなかぶつからなかったのである。

柴田自身は、それを不運だと考えてきたのだが、君子は、そうは考えなかったらしい。それが、夫婦の間に亀裂を生んでしまったのだ。

子供が出来ない理由も、どちらにあるともいえないのだが、君子は、柴田にあると、単純に決めつけている。

今日も、気まずい夕食をすませると、柴田は、そそくさと、家を出た。

「この寒いのに――」

物好きな、といいたげな君子の舌打ちを背中で聞き流して、柴田は、もう歩き出していた。和服の袂《たもと》には、スーパーで失敬したトランジスタラジオが入っていた。

外は、さすがに寒い。

柴田は、ふところ手で、首をちぢめ、下駄を鳴らしながら、まっすぐ公園に向って歩いて行った。

公園といっても、猫の額ほどの狭さで、川っぷちにあるために、冬の夜ともなれば、寒い川風が、まともに吹きつけてきて、公園につきもののアベックも、めったに姿を見せない。

その代りというわけでもあるまいが、数年前から浮浪者が住みつくようになった。どこからか、板切れや段ボールを運んで来て、巧みに小屋を作りあげ、ゴミ捨て場から拾って来た毛布や布団を敷いて寝泊りしている。

その数は、一人であったり二人であったり、時には、急に、五、六人に増えたりする。警察や、公園を管理する区の職員が追い払っても、またすぐ舞い戻って来る。いたちごっこになれば、他に仕事のある公務員より、それ一つに賭ける浮浪者たちが勝つのが当然で、今では、黙認の形になってしまっていた。

それに、公園を追い出せば、学校や区の公会堂にもぐり込んで、かえって、人々の迷惑になることも心配されたからである。

柴田は、公園に入ると、掘立小屋に向って、

「おい。ジャイアンツ」

と、呼びかけた。

小屋の中で、もそもそと人の動く気配がして、三十五、六歳の男が這い出して来た。

巨人軍のマークのついた野球帽をいつもかぶっているので、仲間からジャイアンツと呼ばれている男だったが、ジャイアンツどころか、野球も知らないようだった。

「ああ、旦那」

ジャイアンツは、白い息を吐き、両手をこすり合わせた。

ズボンもジャンパーも、ゴミの中から拾ったのだというが、まだ真新しかった。ただ、なにぶんにも、春ものなので、寒さがこたえるらしい。声がふるえていた。

柴田は、スーパーでくすねてきたトランジスタラジオを取り出して、

「ほら」

と、相手に渡した。

ジャイアンツは、その小型ラジオを、街灯の下へ持って行って仔細《しさい》らしく眺めてから、

「これで、三ヵ月大丈夫かね？」

と、きいた。

柴田は、煙草に火をつけてから、

「お前、前科があったろう？」

「ずっと前に、金を盗んだことがある。あの時は、怖くて怖くて、小便をちびっちまった。あんな怖いのは、もうごめんだよ」

「その時、捕《つか》まったんだな？」

「ああ。一円も使わない中に捕まっちまった」

「それなら、たぶん大丈夫だ」

「煙草ないかね？」

「ほら」

柴田は、セブンスターを一本相手に渡し、ライターで火をつけてやった。

ジャイアンツは、美味《うま》そうに吸ってから、また、不安気な眼つきになって、

「本当に三ヵ月大丈夫かね？」

「大丈夫だ」

「十二、一、二と。三月になれば、もう暖かいな」

「ああ、この公園の桜も咲き出すよ。そろそろ行くぞ」

柴田は、ジャイアンツを促した。

二人は、公園を出ると、あのスーパーに向って歩いて行った。

夕食時間を過ぎたので、さっきと違って、店内は閑散としている。

柴田は、店長のところへ、ジャイアンツを連れて行った。

「この男が、この店でトランジスタラジオを万引きしたといっているんだがね。おいッ。そのラジオを出してみろ」

と、柴田は、ジャイアンツに命じた。

ジャイアンツが、もそもそと、ラジオを取り出して、店長に手渡した。

店長は、あわてて、ラジオを調べ、底に貼ってあるラベルを見つけると、

「間違いありません。うちの品物です。ありがとうございます」

柴田は、ニッコリした。

「じゃあ、ご足労ですが、そこの派出所まで来て頂けませんか。書類を作らなきゃなりませんので」

3

通称ジャイアンツこと、宮城県生れの鈴木長吉（三十六歳）は、望み通り、暖かくなるまで、三食つきの刑務所暮らしをすることになった。

柴田巡査は、窃盗犯逮捕で点数を稼いだ。

柴田が、この奇妙なアルバイトを始めたきっかけは、去年の同じ年末に、通称インテリと呼ばれる浮浪者と出会ったことだった。

最近の東京には珍しく、粉雪が舞っていたのを、はっきり覚えている。

前日に夫婦喧嘩をして、妻の君子が、ふて寝をしてしまったので、非番だった柴田は、夕方、食事に出かけた。

近くのそば屋で、カレーそばを食べたあと、公園に廻ってみたのは、家に帰っても面白くないのと、公園に住みついた浮浪者のことが、気になったからである。或は、無意識に、警らの癖が出たのかも知れない。

公園の中では、浮浪者が一人、粉雪の中で焚火をしていた。それが、インテリと呼ばれた五十歳ぐらいの男だった。

北風が強い日だったので、柴田はインテリに近づいて、焚火をやめるように注意した。

が、インテリは、押し黙って、手元においた板切れや段ボールを、火の中に投げ入れている。

柴田が、いらだって、

「おい。聞こえないのか？　焚火をやめないと逮捕するぞ」

と、怒鳴りつけると、インテリは、はじめて柴田を見上げた。

「あんたは、警官だったな」

「そうだ」

柴田が肯くと、インテリは、急に、生き生きとした眼になって、

「許可なく焚火をしたということで、どのくらい刑務所に入れられるのかね？」

と、きいた。

柴田は、てっきり、相手が心配して聞いたのだと思って、

「安心したまえ。実刑なんかにはならんよ。せいぜい、説諭ぐらいだ」

と、笑うと、驚いたことに、インテリは、眉をしかめて、「それでは困る」といった。

「私は、しばらく刑務所に入っていたいんだ。そうだな。少くとも、暖かい季節になるまでな」

「ふーん」

「刑務所なら、働かなくとも、三度三度食事を出してくれるし、寒ければ毛布も支給してくれる筈だ。違うかね？」

「まあ、そうだ」

「不景気で、この頃は、残飯拾いが大変なんだ。朝五時に廻っても、ありつけないことがある。レストランなんかが、残飯をあまり出さなくなったし、逆に、浮浪者は多くなって来たからだよ。その上、この寒さだ。だから私は、しばらくの間、刑務所に入っていたくなった。焚火では、暖かくなるまで、刑務所に入れんかね?」

「無理だねえ」

「困ったな」

インテリは、溜息をつき、また、段ボールを火の中に投げ入れた。ぱッと、火勢が強くなる。

柴田は、呆れながらも、インテリの横に屈み込み、焚火に両手をかざしながら、

「君は、インテリと呼ばれているくらいだから、読み書きや計算は出来るんだろう?」

「一応はね」

「それなら、なんとか働き口はあるんじゃないかね?」

「私は宮仕えが嫌で、今の生活を選んだんだ。元の不自由な生活に戻る気はないね」

「刑務所の方が不自由だよ」

「だが、他人に使われるわけじゃない。それに、暖かくなるまでだからね。ねえ、あんた。暖かくなるまで、刑務所に私を入れるように、はからってくれないかね」

「そんなことは、警官の仕事じゃない」

「しかし、犯人を捕えるのは、あんたの仕事だろう？」

「そりゃあ、私は警官だからね。君が、何か盗みでもしたら、逮捕しなきゃならん。しかし、公園で焚火をしていたくらいでは、逮捕することもない。火の後始末さえしてくれればいいんだから」

「そうか。私が、何か盗めばいいんだな」

「無理に盗むことはないよ」

「私はね。臆病なんだ。気が小さいんだよ。盗みが出来るくらいなら、浮浪者になんかならずに、日本全国を盗み廻ってるよ」

「それはよかったね」

「われわれの仲間は、みんな人が好くて、悪いことが出来ないんだ。だから、浮浪者になっている。浮浪者なら、人を傷つけなくてすむからね」

「それは、わかる気がするね。君の仲間が、みんな好人物だということはね」

「私が、何か盗もうとして、どこかの店に入ったところで、手がふるえてしまって、何も出来ないに決っている。実は、捕まえて貰おうと思って、さっき、商店街を廻って来たんだが、駄目だったんだ。私には物が盗めん」

「いいことじゃないか」

「よくはない。これじゃあ、いつまでたっても、刑務所に入れない」

インテリは、悲しげに首をすくめてから、

「それで、無銭飲食なら出来るだろうと考えた。ただ、食べて、逃げればいいんだからね」

「やったのか？」

「何軒もの店の前で、うろうろしてから、思い切って、角のうなぎ屋に入った」

「あの店か。あそこは、あまり味つけがうまくないんだ。タレがよくない」

「その通りだよ。それでも、私は、二人前食べた。食べて、ものもいわずに逃げ出すつもりだったのに、気が小さいんだな。私は、申しわけない、お金がないと店の主人にあやまってしまった。警察に引き渡してくれともいったんだが、あの太っちょの店の主人は、どうしたと思う？」

「さあねえ。あのおやじは、ケチで有名だからな」

「そうだ。あの欲ばりは、私にこういったんだ。お前を警察に突き出したところで、うな重の上二人分の損は取り戻せん。だから、タダでしばらく働いて貰うとだ。私は、五日間、こき使われ、なまけていると、竹刀で殴られたよ」

「そいつはひどいな。あのおやじを捕まえて、油をしぼってやろうか」

「おい、おい。捕えて貰いたいのは、私の方なんだよ」

「君は逮捕できないよ。うな重の上を二人分食べたとしても、五日間もタダ働きしたのなら、逆にお釣りがくるようなものだからね」

「しかし、これじゃあ、私は、寒さで凍え死ぬか、残飯が手に入らなくて飢え死にするかどちらかになってしまうよ」

「都の施設に入ったらどうかね？　あそこに行けば温かいし、食べ物も出してくれるよ」

「あそこは、断じて嫌だ」

インテリは、急に大きな声を出した。

「なぜだね？」

「何もしないのに、食べさせてくれたり、寝かせてくれたりするからだ。純然たる恩恵は嫌なんだ」

「自尊心が許さんのかね？」

「まあ、そんなところだね」

「刑務所ならいいのか？」

「刑務所は、こちらが悪いことをして、そのむくいとして入れられるのだから、なんらやましいところはない」

「妙な理屈だな」

と、柴田は苦笑したが、インテリのいう意味も、なんとなくわかるような気もした。

インテリは、言葉を続けて、

「それに、都の施設は、いろいろとお説教するから嫌だ。働いたらどうかとかね。私は、働くのが嫌だから、浮浪者になったんだ。そこへいくと、刑務所は、お説教はない」

「前科は？」

「残念ながらない」

「おかしないい方だな」

「私に前科があれば、平気で物を盗めるかも知れないと思うからだよ」

インテリは、いまいましげに舌打ちをしてから、小枝で、火をかき立てた。

「そこで、警官のあんたに、相談なんだが」

「何もせんのに、捕えてくれといっても無理だよ」

「といって、私には、物は盗めん。だから、あんたが代りに盗んで貰いたいんだ」

「何だって？」

4

柴田は、インテリを睨みつけたが、彼は、平気な顔で、

「あんたなら、ぞうさもないことじゃないかね。警官なら誰もあやしまんだろうしね」

「警官の私に、盗みをやれというのか？」

「そう興奮せずに、冷静に聞いて欲しいんだがね。一時的に盗むんだが、結果的には、盗みではなくなるんだから」

「君のいう意味がよくわからん」

「私が考えたのは、こういうことだ。あんたが、どこかの店に入って、靴下とか、ハンカチをくすねてくる。次に、その犯人として私を逮捕し、その靴下なりハンカチ

は、当然、店に返却される。どうだね。上手《うま》い考えだと思わないかね？」

「どこが上手いんだ？」

「第一に、店に盗品が返ってくるんだから何んの損もしない。第二に、私は願いがかなって刑務所に入ることができる。第三に、あんたは窃盗犯逮捕で点数が稼げる。一人も損をしないどころか、二人がトクをするんだよ。上手い考えだろうがね」

「一時的にだろうが、警官の私には、物を盗むなんてことは、絶対に出来ん」

柴田は、断固としていった。

インテリは、悲しげな眼になった。

「あんたが協力してくれんと、私は、ここで死ぬより仕方がない」

「私を脅迫するのかね？」

「とんでもない。私は、あんたに、刑務所へ入れてくれとお願いしているんだ。あんたが、ほんのちょっと、私に協力してくれさえすれば、みんなが幸福になれるのに、あんたは、何もしてくれん」

インテリは、ますます悲し気な顔になり、焚火の前で、膝小僧を抱え込み、黙ってしまった。

火が消えそうになっても、手をこまねいている。仕方なく、焚火を注意した柴田が、あわてて、近くにあった板切れを拾って火にくべた。

柴田は、だんだん、自分が悪いことをしているような気がしてきた。それほど、インテリは、悲し気な顔をしていたのである。世の中の全ての悲哀を、一身に集めたような顔だった。ここで放り出して帰ってしまったら、このまま死んでしまうのではないかという気がした。

「おい。何とかいってくれないか」

と、心配になって、柴田が声をかけても、インテリは、返事をしなくなってしまった。顔を、抱えた両膝の間にどんどん埋めていくだけである。身体全体が、小さくなっていく感じだった。

柴田が、また、板切れをくべた。彼がそうしてやらないと、焚火が消え、この男は、凍死してしまうかも知れない。

柴田は、溜息をついた。

「わかったよ」

と、彼は、腹立たしげに、インテリに向っていった。

「君を助けてやるよ」

その言葉で、インテリは、亀が首を伸ばしたみたいに、両膝の間から顔を持ち上げた。だが、まだ、その眼は疑わしげだった。

「本当に助けてくれるのかね？　本当に、私を刑務所へ入れてくれるのかね？」

「だから、わかったといってるじゃないか」

「本当に、私の代りに盗みをしてくれるのかね？」

「ああ、そうだよ」

柴田は肯《うなず》いたが、もちろん、この時点で、彼には、物を盗む気はなかった。彼が考えていたのは、商店街のどこかの店で、品物を買い求め、それをインテリが盗んだことにして、刑務所へ送ってやろうということだった。柴田は出費だが、仕方がない。

柴田は、その足で商店街に行き、小さな洋品店で、靴下を一足買い求めた。五百円の出費だった。安月給の柴田には、辛い買物だった。

そうしておいて、翌日、その靴下をインテリに持たせて、昨日の洋品店に行き、この男が、おたくの品物を万引きしたといったのだが、見事に失敗してしまった。

失敗するのが当然だったかも知れない。私服だったとはいえ、柴田の顔は、この地区ではよく知られている。彼が買ったものは、向うがよく覚えていたのだ。

「ご冗談は困りますねえ」

と、その店の主人に笑われて、柴田は、すごすごと引き退がらざるを得なかった。

「あんたには失望したよ」

インテリは、北風の中を、肩をすくめて公園に戻りながら、さも軽蔑したように、柴田にいった。

「買った品物を、盗んだなんて嘘をついて持って行くなんていうのは、下の下だ。私だって、あんたに、おめぐみを貰っているようで嬉しくない」

「しかし、私は、現職の警官なんだ。泥棒みたいに盗める筈がないだろう?」

「盗むのは私なんだ。ただ、代りにあんたが盗むだけの話じゃないか。もういい。私は、あの公園で凍え死にするんだ」

まるで、子供のように、駄々をこねるインテリを見ているうちに、柴田は、前よりも一層、自分が、追いこまれていくのを感じた。

「わかったよ」

と、柴田は、またいってしまった。

彼は、今度はスーパーへ出かけて行った。

スーパーのような大きな売場なら、彼が買ったことは覚えていないかも知れないと期待してのことだったが、夕方の混雑した店内で物色している中に、柴田は、手に取った靴下を、ひょいと、自分のポケットに放り込んでしまった。

なぜ、そんなことをしてしまったのか、柴田自身にもよくわからなかった。インテリの言葉が、その瞬間、頭に閃めいたからだとか、どうせ、すぐ返却するのだからとかいうのは、あとになって、エクスキューズとして考えたことである。

はっきりわかっているのは、その瞬間、何ともいえぬ、激しい戦慄が、柴田を刺し貫いたことだった。

5

翌日、インテリを万引き容疑ということで、スーパーへ連れて行った時には、見事に上手くいった。

万引きされた靴下はスーパーに返却され、柴田は、感謝された。一方、インテリは、窃盗犯ということで、柴田が調書を作った。前科一犯のインテリでは、靴下一枚では、三ヵ月の実刑は難しいかも知れなかったが、一ヵ月で出て来たら、もう一度、同じことを繰り返せばいいと考えた。

とにかく、インテリは、三度の食事の心配のない所へ送られ、柴田は、窃盗犯逮捕の手柄を立てたことになった。彼にとって、久しぶりの犯人逮捕であった。

正直にいって、柴田は、この妙なアルバイトは、インテリ一人でもう終りと考えていた。ところが、インテリのことが、浮浪者仲間に伝わったらしく、寒さが厳しくなるにつれて、刑務所入りの志願者が増え始めた。中には、川沿いの公園に行けば、寒い間だけ刑務所に入れると思って、他の地区から移って来る浮浪者さえいた。

結局、この年、柴田は、四人の浮浪者を、その望み通りに刑務所に送り込んだ。つまり、四人の窃盗犯を逮捕したわけである。

二人目からは、もう、品物を買い求めるようなことは、初めからやらなくなった。どうせ、すぐ、同じ店に返すのだからと自分にいい聞かせ、ネクタイ、財布、時には腕時計のような高価なものも失敬した。

その度に、柴田は、何んともいえぬ戦慄を感じた。ある時など、あやうく失禁しそうになったくらいである。特に、腕時計のような高価なものを盗む瞬間のスリルは、柴田を、アヘン中毒に近い状態にさせたといってもいい。

誰も、柴田を怪しまなかった。特に、制服姿で警ら中はそうだった。誰も、まさか、制服を着た警官が万引きをするとは思わないからだろう。その上、これは皮肉なことだが、柴田が、一人、二人と、浮浪者の窃盗犯を逮捕し、品物が返って来るにつれて、彼の信用は、絶大なものになった。柴田が、何かをポケットに入れようとしているところを見つけても、店の者は、彼を疑わないだろうと思われた。柴田の信用は、そのくらいまで高くなっていた。

暖かくなると、当然のことながら、刑務所入りを志願する浮浪者はいなくなった。暖かければ、どんなことをしてでも、何とか生きていけるからである。もともと、自由でありたくて、家や家族を捨てた連中である。刑務所だって、不自由なことに変わりはない。

年末に、四人もの窃盗犯を続けて逮捕し、上司からも注目された柴田だったが、年が明けると、また元のもくあみに戻ってしまった。

そして、また年末が来て、刑務所入り志願の浮浪者が現われた。それが、通称ジャイアンツである。

(今年も四、五人というところかな)

と、柴田は考えた。

最初のインテリの時は、面倒くさかったし、いやいやの仕事といってよかったが、今では、この仕事が、楽しみになっていた。

去年四人の窃盗犯を、連続して逮捕したときは、柴田の巡査長への昇進の話も出たのだが、年が明けてから、その話も立ち消えになった。だが、今年も四、五人続けて逮捕できれば、巡査長になれるかも知れない。

三日たって、また一人、暖かくなるまで、三食つきの刑務所に入っていたいという浮浪者が現われた。

この浮浪者は、女性用のネックレスを万引きしたことにして、調書を作った。真珠だが、安物の方で、宝石店でも、無造作に並べてあったものである。それでも、ネクタイや靴下をポケットに入れる時とは、また違ったスリルを、柴田は感じた。

その後一週間ばかり、公園に浮浪者の姿が見えず、柴田のアルバイトも、開店休業の状態になった。

小坂巡査と組んで、商店街を警らしている時、柴田は、ふッと、並べてある商品に手を出したくなって、あわてて、自制することが多くなってきたのは、この頃である。

その品物が欲しいわけではなかった。盗んだ瞬間の何ともいえぬスリルが、味わいたかったのだ。

(中毒になったのか)

と、一方で慄然としながら、一方では、早く、次の刑務所入り志願の浮浪者が現われないかとも思った。

生れた場所から、通称「イワクニ」と呼ばれた浮浪者が、公園に現われたのは、柴田が、一種の飢餓感に襲われていた時だった。

四十五、六歳で、ひょろりと背の高い男だった。浮浪者というのは、揃いも揃って、みんな、人の好さそうな、逆にいえば、気の弱そうな顔をしているのだが、このイワクニも同様だった。

米軍の作業衣を着て、これも、ちょっと大きめの米軍の靴をはいたイワクニは、細い、人の好さそうな眼をしていた。

柴田が、非番の時に公園に行くと、イワクニが、向うから寄って来て、

「あんたに頼むと、刑務所へ入れてくれると聞いて、上野からやって来たんだが、本当かね？」

と、きいた。

「まあな。やはり、来年の春が来るまで、刑務所に入っていたいわけだね？」

柴田が、確認するようにきき返すと、イワクニは、首を横に振った。

「いや。一生刑務所に入っていたいんだ」

6

柴田は、びっくりして、相手の顔を見直した。

「一生って、君はまだ――？」

「四十五だ」

「あと二十年も三十年も刑務所に入っている気か？　念のためにいっておくが、刑務所は、一度入ったら、途中で、急に出たくなったといっても、出られない所だよ」

「わかってる。おれは、もうこの世に何の未練もないんだ。といって、死ぬのも怖い。だから、一生刑務所に入っていたいんだ」

「途中で出たいなんて、いい出さないだろうな？」

「そんなことは、絶対にいわん。唯一の希望だった一人息子も、行方不明では、別に、シャバにいる必要はないんだ」

「一生刑務所暮らしか」

「やってくれるんだろうね？」

「少し考えなきゃならん。二、三ヵ月というのとは違うからね。どんなことをしたら、一生刑務所暮らしが出来るか、じっくり考えてみる」

「早くやって欲しいな。この寒さだし、一刻も早く三食つきの刑務所へ入りたいんだよ」

「前科はあるのかね？」

「いや。おれの前歴は、きれいなもんさ」

「前科がなくて、無期か、それに近い刑となると、なかなか難しいな」

「殺人なんかはどうかね？」

「殺人？」

柴田は、びっくりして、相手の羊のように大人しい眼を見つめた。

「人を殺せば、重い刑になるだろう？」

「そりゃあそうだが、君に、人殺しなんか出来るのか？」

「とんでもない。おれは、虫一匹だって、殺すと、一日中嫌な気分になっちまうんだ。だから、例えとして聞いただけだよ」

「だろうな。君に人が殺せるとは思えないからな。確かに、人を殺せば、少くとも十年ぐらいの実刑を食う筈だ。強盗殺人ともなれば、有期刑の最高である二十年に近い刑務所暮らしになる筈だ」

「悪くない」

「何だって？」

「希望どおり、ずっと刑務所に入っていられるし、真犯人じゃないんだから、良心の苛責に苦しまなくてすむ。毎夜、殺した相手の幽霊に悩まされるということもないわけだから、実に優雅に暮らせるんじゃないかと思ってね」

「物は考えようだな。だが、君が上手く身代りになれるような殺人事件が、世の中に転がっているわけがないよ。まさか、北海道で起きた殺人を、私がやりましたと名乗り出たって、信用されるわけがないからな」

「あんたが世話してくれれば一番いいんだがな」

「冗談じゃない。ネクタイや靴下とは違うんだ」

苦笑まじりに、イワクニにいって、柴田は、公園を出た。

（一生刑務所にいたいか——）

変った男だと思う反面、世の中に絶望しながら、自殺するだけの勇気がない人間には、刑務所は悪くない逃避の場所かも知れない。

無期のような重罪犯なら、独房で、他人と顔を突き合せることもないし、三度の食事の心配もない。

だが、いざ、入りたいとなると、なかなか難しいものだと思った。

人の二、三人は平気で殺せる奴なら簡単だが（そんな人間なら、とっくに刑務所に入っているだろうが）気の小さい男を、重罪人に仕立てあげるのは難しい。

（銀行強盗はどうだろうか？）

爆弾でも使ったら、かなり重い刑になるだろう。だが、柴田が、イワクニに代ってやらなければならないのだから、まず駄目だ。

靴下やハンカチを、店先から失敬してくるのとはわけが違う。年末の銀行は警備が厳重だし、失敗して、逮捕されたら、替玉がいようがいまいが、柴田が刑務所に放り込まれてしまう。

（イワクニの望みは、かなえてやれそうもないな）

と、柴田は思った。もちろん、殺人犯なり、銀行強盗として、イワクニを逮捕できれば、巡査長への昇進は、まず間違いないだろうが、もともと、無理な話なのだから、仕方がない。

家に帰ると、君子が、例によって、冷たく迎えた。

「また、のぎくとかいう飲み屋に行ってらっしゃったんですか」

怒るというのでもない。冷たく、皮肉にいうのだ。

大声で怒鳴り合っているうちは、夫婦の間にまだ救いがあった。だが、今の君子との間には、お互に、冷ややかな憎しみと、軽蔑があるだけである。

柴田は、どうにも我慢ができなくなって、離婚を持ちかけたことがある。その時の君子の答は、一千万円の慰謝料を払ってくれればというものだった。そんな大金はあるわけはないのだが、君子は、柴田が警察を定年退職したときの退職金を前借りして払えという。

そんなことは出来ない話だし、出来たとしても、柴田は、払う気はなかった。二人の間が、こんなになってしまった原因の多くは、君子にあると思っていたからである。

柴田は、黙って浴室へ行き、火をつけた。

君子の冷たい声が追いかけてくる。

「あそこの若い娘《こ》に熱をあげてるみたいだけど、みんな笑ってますよ。いい年齢《とし》をしてって」

笑ってるというのは嘘に決っていたが、やり切れない気がして、柴田は、風呂がわくまで、ベランダに出ていた。

（いっそ、君子を殺したら――）

と、思ったのは、その時だった。

7

イワクニという犯人が、ちゃんと用意されているのだ。

絶好のチャンスではないか。

君子みたいな女は、死んだ方がいいのだ。彼女が死ねば、イワクニは、望みどおり刑務所へ入れるし、柴田は、彼女から解放されたうえ、殺人犯逮捕の功績をあげられるのだ。

風呂がわき、柴田は、湯舟に身体を沈めて、あれこれと考えた。

上手くやれば、完全に自由になれるのだ。それに、巡査長への昇進も期待できる。

問題は、どう上手くやるかだ。君子が殺されれば、疑いは、当然、自分にかかってくる。イワクニという犯人がいるのだから安心というものの、一応、こちらのアリバイも作っておかなければならない。

(どんなアリバイを作ったらいいかだが——)

身体を洗うのを忘れて、柴田は湯舟の中で考え続け、どうにか考えがまとまったところで、やっと湯舟を出た。

石鹸に手を伸ばしながら、ニヤッと笑ったのは、自分の立てた計画が、上手く行きそうに思えて来たからである。

風呂を出ると、柴田は、丹前姿でまた家を出た。

案の定、君子は「また、のぎくですか。ご熱心だこと」と、嫌味をいった。

柴田は、公園へ急いだ。

イワクニは、小屋の前で焚火をしていた。

柴田は、イワクニの横にしゃがんで、焚火に当りながら、

「君の願いがかなえられるぞ」

「本当かね」

と、イワクニは、眼を輝やかせて、

「本当に、一生刑務所に入っていられるのかね？」

「一生かどうかわからないが、十二、三年は間違いなく入っていられる」

「そいつは有難いな」

「ただし、君は、殺人事件の犯人になるんだ。それでも、刑務所へ行きたいかね？」

「おれが殺すわけじゃないだろう？」

「ああ。殺すのは、私がやる」

「それなら問題はないさ。どんな事件の犯人だろうと、刑務所へ長く入っていられるのなら引き受けるよ」

「その点は、間違いない。そこで、細かい点を打ち合せておかなきゃならない。殺人が行われるのは明日の午後二時から三時の間だ」

「おれは、どうしてればいい？」

「どこかに姿をかくしてくれてればいい。その間、誰にも見られずにいればいいんだ」

「そんなのは造作もないことさ」

「次は、君の所持品が、現場に落ちている必要がある」

「所持品なんて、おれは、腕時計も、財布も持っていないよ」

「そんなものが現場に落ちていたら、かえって不自然だ。君は浮浪者だからな。今はめている手袋がいい」

「この汚い軍手かい？」

「ああ、その片方を貰って行こう。この手袋が現場に落ちていれば、君が殺したということになる」

「それで、間違いなく刑務所に行けるんだろうね？　一生、三食つきの刑務所に入っていられるんだろうね？　もう、この冷たいシャバは、一日でもいるのが嫌だからね」

「大丈夫さ。ずっと、入っていられるよ。それから、君が殺す相手のことを少し話しておこう。どうせ、逮捕したあと、私が最初に調書を作るから、うまく誘導訊問してやるが、少しは知っていた方がいいだろう。場所は、この先のM銀行のところを右に曲がる。曲がって五十メートルばかり行くと、風呂屋がある」

「知ってるよ。あの風呂屋に入ったら、ちゃんと料金を払ったのに、番台の女が、嫌な顔をしやがった」

「その風呂屋の先に路地がある。突当りが、警察の官舎だ。そこの二階に、柴田という表札がかかっていて、たいてい、妻君がひとりでテレビを見ている」

「その妻君を殺すんだな」

「そうだ。君は、彼女を殺したことになる」

「おれは、刑務所にずっと入れれば、なんでもいいさ」

「それでいい」

柴田は、財布から千円札を二枚出して、イワクニに渡した。

「今夜はこれで酒でも買って、シャバの最後を楽しんでくれ。明日中には、殺人犯として逮捕するからな」

8

翌朝、柴田は、さすがに緊張した顔で家を出ると、派出所へ出勤した。

午後の二時に、若い小坂巡査と警らに出る。

(いよいよ、やるぞ)

と、柴田は、歩きながら自分にいい聞かせた。

犯人は用意してあるのだ。ただ、君子を殺しさえすればいいのだ。それで、あのヒステリイの妻の顔を見なくてすむようになる。永遠に。

緊張はしていたが、不安や怯えはなかった。それどころか、自分が犯人を逮捕した時の新聞の記事さえ考えた。多分、新聞はこう書くだろう。妻を殺された警官、執念の犯人逮捕と。

いつものように、興行街、飲食街、商店街と、廻っていく。途中で事件にでもぶつかったら、予定が狂ってしまうなと、それが心配だったが、そうなった時は、一日先に延ばせばいいと考えてもいた。

幸い、事件には、ぶつからなかった。

商店街の端まで来た。そこから、官舎までは、走って五、六分の距離である。

ふいに、柴田は「あッ」と、大声をあげた。

横にいた小坂巡査が、びっくりして、

「どうしたんです？」

と、きく。

柴田は、前方を指さして、

「万引きだ」

「どこにも見えませんが？」

「そこの本屋から、本を盗んで、先の路地に飛び込んだんだ。おれが追いかけるから、君は、本屋で、無くなっている本がないか調べてくれ」

「わかりました」

小坂巡査が、緊張して答える。柴田は、もう駈け出していた。

自分のいった路地を曲がる。官舎までは、もう眼と鼻の先だ。

息せき切って、官舎に入り、二階の自分の部屋に駈け上った。

テレビを見ていた妻の君子も、さすがに、びっくりした顔で、

「どうなさったんです？」

と、柴田を見上げた。

「トイレだよ。この近くまで来て、トイレに行きたくなったんだ」

「そうですか」

なんだ馬鹿馬鹿しいという顔になって、君子は、また、テーブルに頬杖をつき、テレビの恋愛ドラマに眼を向けた。

昔はこんなではなかった。警らの途中に寄っても、いそいそと、お茶を出したものだが。

柴田は、トイレに入り、水だけ流した。両手が汗をかいている。

手拭いで、手の汗を拭いてから、イワクニの軍手を右手にはめた。

トイレを出たところに、青銅の花びんが置いてある。昨日、押入れから出しておいたのである。

それを右手に持って、柴田は、そっと部屋に戻った。

君子は、まだ、テレビに見入っている。夫の柴田のことに無関心なのが、こんな時には便利だ。

そっと背後に廻ったが、それでも、君子は、テレビのドラマに夢中で、テーブルの上に置いたおせんべいを食べるのも忘れている。

柴田は、青銅の花びんを振りかぶると、物もいわずに、君子の後頭部めがけて打ちおろした。

ぐしゃッという音がした。君子が、けもののような唸り声をあげて、畳の上に、倒れて行った。

倒れた君子に向って、柴田は、二度、三度と、花びんを振りおろした。万が一にも生き返ったら、全てが駄目になってしまう。その心配と、今までの妻へのうっぷんが、柴田を残忍にさせていた。

君子は、動かなくなった。

後頭部が陥没し、血まみれになっている。

柴田は、念を入れて、君子の手首をとって脈を診《み》た。

完全に事切れているのを確めてから、柴田は、はじめて、ほっとした顔になった。

このあとを、素早くやらなければならなかった。

血のこびりついた花びんを、死体の傍に転がし、タンスの引出しを片っ端から引きあけた。

イワクニが、空巣に入って見つかり、殺したという形にしなければならない。柴田は、部屋を適当に荒してから、イワクニの手袋を、ドアの近くに投げ捨て、柴田は、部屋を出た。

幸い、誰にも見られていない。

柴田は、小坂巡査の待っている本屋に向って駈け出した。これなら、息が弾んでいたり、顔色が蒼くても、不審に思われない筈だ。

「逃がしちまったよ。M銀行の先まで追いかけたんだがね」

と、柴田は、息をはずませながら、本屋の前に立っていた小坂巡査にいった。

「そっちは、どうだったね？」

柴田が、続けてきくと、小坂巡査は、首をひねりながら、

「店の主人は、盗まれた本はないといっているんですが――」

「そいつはおかしいな」

柴田は、もっともらしく、腕を組んで、考えるポーズを作った。

「あの学生風の若い男が、てっきり本を万引きしたと思って追いかけたんだが、こりゃあ、私の早とちりだったかかな」

「かも知れませんよ」

「そうだな。こいつは、くたびれもうけか。久しぶりに駈けたんで、足が、がくがくだよ。年齢《とし》だな」

「そんなことはないですよ。柴田さんは、まだ若いですよ」

「そういってくれると嬉しいね。じゃあ、帰ろうか」

柴田と小坂巡査は、いつものように派出所に戻った。

柴田は、自分が、少しも怯えていないのに安心した。むしろ、はしゃぎそうになるのを抑えるのに苦労したくらいだった。

夕方になり、交代の時間になると、柴田は「どうかね」と、小坂巡査に声をかけた。

「今日、うちへ夕飯を食べに来ないか。家内が、君を連れて来てくれといってるんだ」

月給日前で、ひとり者の小坂巡査のふところの寂しいのを見越しての誘いだった。

案の定、小坂巡査はちょっと考えてから、

「じゃあ、ご馳走になるかな」

と、応じて来た。

引き継ぎをしてから、二人は、派出所を出た。

（これからは、自然らしく振る舞う必要があるぞ）

と、柴田は、自分にいい聞かせながら、官舎に着くと「おい。小坂君を連れて来たぞッ」と、大声で叫びながら、ドアを開けた。

もちろん、当然ながら、返事はない。

「おかしいな」

と、柴田は呟きながら、

「まあ、上れよ」

と、小坂巡査を促して、部屋に入った。

眼の前に、当然、君子の死体が飛び込んで来た。

「あッ」

と、柴田が叫ぶ。

若い小坂巡査は、呆然と突っ立っている。顔色は、小坂巡査の方が蒼くなっていた。

「一一〇番してくれッ」

柴田が怒鳴ると、小坂巡査は、呪文を解かれたように、電話に飛びついた。

9

万事上手《うま》くいったようだった。

捜査一課の刑事が駈けつけ、鑑識が来たが、誰一人、柴田を疑おうとしなかった。

「こりゃあ、流しの物盗りの犯行だな。居直りだ」

と、刑事が大声でいった。

鑑識は、血の乾き具合や、死体の硬直の具合から見て、死亡推定時刻は、午後二時から三時までの間だろうと判断した。

全て、柴田の予想した通りだった。だが、警官である柴田だけに、日本の警察の優秀さをよく知っている。今は、流しの犯行と見て、夫の柴田に対して、全く疑惑の眼を向けていないように見えるが、流しの線が消えれば、たちまち、柴田に疑いをかけてくることはわかっていた。

だから、一刻も早く、殺人犯として、公園にいるイワクニを逮捕し、この殺人事件に結着をつける必要があった。

そのきっかけが、汚れた軍手なのだが、ドアの傍に落ちている手袋を、刑事たちが、なかなか見つけてくれなかった。

自分が見つけるのもまずいと思って、柴田は、いらいらしながら見守っているうちに、やっと、刑事の一人が、落ちている軍手を拾いあげた。

「柴田君」

と、彼を呼んで、

「これは、君のものかね？」

「いいえ」

と、柴田は、首を横に振ってから、急に気がついたように、

「あいつだッ」

と、叫んだ。

「あいつッて？　何のことかね？」

「この先の公園に住みついている浮浪者が、これと同じ手袋をしてたんです。通称イワクニという男です。汚れ具合も、小指がほころびているところも、そっくりです」

「よし、行ってみよう」

刑事たちが、どどっと音を立てて、部屋を飛び出した。柴田が、その先頭に立って、公園に案内した。

車より走った方が早いので、柴田と刑事たちは、暗くなった道路を、公園に向って駈けた。

(これで、全て上手くいくぞ)

と、走りながら、柴田は、ほくそ笑んだ。

おれは自由になるし、イワクニは、望み通り刑務所に行ける。それに、強盗殺人犯を逮捕となれば、巡査長は間違いないだろう。

公園に着いた。

小屋の屋根を叩いて、柴田は、

「出てこいッ」

と、怒鳴った。

のそのそと、男が這い出して来た。が、その顔は、イワクニではなかった。

「イワクニはいないのか?」

柴田が、自分で、小屋の中をのぞき込むのを、その男は、ぼんやりした眼で見守りながら、

「イワクニはいないよ」

「どこへ行ったんだ?　逃げたのか?」

いざとなって、刑務所入りが怖くなって逃げたのだとしたら、あくまで、あの男に罪を引っかぶせてしまわなければならないと思いながら、柴田が、噛みつくような顔で、問い詰めると、男は、

「逃げやしねえな」

と、のんびりした声でいった。

「じゃあ、どこにいるんだ？」

「今は、どこかの死体置場じゃねえかな」

「何だって？」

「だからいってるだろ。今朝、車が来て、運んでっちまったんだ。そうだ。T大病院とかへ運んだみたいだな。なんだか、解剖の実験に使うとかいってたなあ」

「どうして死んだりしたんだ？」

「昨日の夜おそくさ。何かわからねえけど、イワクニの奴、嬉しいことがあるっていって、酒をごっそり買って来てよ。おれにもご馳走してくれたんだ。二人で、三升近くも飲んだかな。朝になったら、イワクニの奴、酒の飲み過ぎで死んじまってるんだ。たまに大酒くらったもんだから、身体がおかしくなっちまったんだな。しようがねえから、一一〇番したら、車で運んでっちまったよ」

意外なことの成り行きに、柴田が、呆然としていると、ベテラン刑事の一人が、キラリと眼を光らせて、男を見た。

「死んだのは、朝だといったな？」

「そうだよ。まだ暗かったからね」

男が答える。

ベテラン刑事が、鋭い眼で、柴田を振り返った。

「朝死んだ浮浪者の手袋が、どうして、午後の殺人現場に落ちていたのかね？」

私は職業婦人

1

最初は、隣りの家の主婦からの一一〇番だった。

「内田さんのご主人が、突然、姿を消してしまったんです。もう半月間も顔を見ていません。奥さんが、殺したんじゃないでしょうか？　調べてみて下さい」

というのである。

相手が、きちんと自分の名前をいっていることでもあり、警察では、念のために、内田という家を調べてみることになった。

主人の内田順一郎は、三十五歳で、S商社の営業課長補をしているエリートサラリーマンである。仕事こそ、男の生甲斐《いきがい》というような人間で、会社の評判はいい。その内田は、確かに、半月前から、休暇届を出して、会社を休んでいた。

S商社では、一年に二十日の有給休暇がとれることになっていたから、会社では、内田が、休暇をまとめてとり、旅行にでも出かけたのだろうと考えていたらしい。

刑事は、次に、問題の内田良子に会って事情を聞くことにした。

良子は、小柄で、平凡な感じの女だった。とうてい、大の男を殺せるようには見えなかった。

刑事が、家に入って最初に感じたのは、家の中の掃除が行き届き、きちんと片付けられていることだった。刑事が、つい、靴を脱ぎっ放しにして部屋に上ると、良子は、すぐ、その靴を揃えて、刑事を恐縮させた。

「ご主人にお会いしたいのですが」

と、刑事がいうと、良子は、

「あいにくですけど、旅に出ておりますの」

と、いった。

彼女がいうところによると、内田は、ある日突然、大学時代に周遊券で旅行した九州に行って来たいといい出して、ひとりで出かけてしまったのだという。エリート社員が、突然、日常の生活や仕事から自己を解放したくなるという気持も、刑事にわからなくはなかった。彼自身も、時折、全てを投げ出して、旅に出たくなることがあったからである。

良子自身の評判も悪くはなかった。悪口といえば、少し生真面目《きまじめ》すぎるといったものだったが、これは、短所でもあるが、同時に、長所でもあるだろう。

夫を殺した証拠もないので、警察は、調査を止《や》めてしまった。が、三、四日すると、今度は、匿名《とくめい》の投書が、警察に舞い込んだ。

〈内田の奥さんが、夜、死体らしきものを庭に埋めているのを見た〉

という内容だった。

事実とすれば、問題である。が、警察は、すぐには動かなかった。前に、隣家の一一〇番で、一度調べていたし、内田良子が、夫を殺しているとすれば、庭に埋めるまでに、日時がたちすぎていたからだった。

しかし、翌日も、同じ内容の投書が、続いて投ぜられた。明らかに、筆跡が違っている。少くとも、二人の人間が、庭に死体らしきものを埋めるのを目撃したことになる。

警察も、腰を上げ、捜索令状をとると、内田家の庭を掘り起こしにかかった。

ブロック塀に囲まれた十坪ほどの庭である。

十二、三分して、手応《てごた》えがあり、男の死体が掘り出された。俯《うつぶ》せに埋められていた死体には、早くも、腐敗が始まっていた。

だが、警察を驚かせたのは、続いて、二つめ、三つめの死体が、見つかったことだった。

どれも、三十代の男の死体だった。

2

一つは、簡単に夫である内田順一郎の死体とわかったが、他の二つが、どこの誰か、すぐにはわからなかった。

二人が、それぞれ、別の会社のセールスマンとわかったのは、死体が発見されてから、数時間すぎてからだった。

一人は、鈴木祐介という三十五歳の電気製品のセールスマン。もう一人は、松下明という三十七歳のハンディモップのセールスマンだった。それぞれの会社に問い合せてみると、二人とも、仕事熱心な、優秀なセールスマンということだった。

三つの死体が、ぞろぞろと出て来たというので、マスコミが飛びつき、新聞は、三面にでかでかと書き立てたし、テレビは、各局がやって来た。

必然的に、内田良子は、「殺人鬼」と形容されるようになった。その上に、「恐るべき」とか「稀代《きだい》の」といった形容詞をつけた新聞もある。

警察は、もちろん、死体発見と同時に、彼女を、殺人容疑で逮捕した。

しかし、刑事たちが、一様に感じたのは、内田良子という女が、「殺人鬼」という言葉から、ほど遠い存在に見えたことだった。

百五十二センチたらずの小柄な身体つきだし、力も強そうには見えない。大量殺人の犯人の多くは、偏執狂的なものだが、良子には、そんなところも感じられなかった。

良子は、捜査本部に連行されると、あっさり、三人を殺して、庭に埋めたことを認めた。が、動機の点になると、急に、黙ってしまい、

「裁判の時に、全てお話しします」

の一点張りだった。

警察は、仕方なく、何故、こんな事件が起きたかを調べることにした。

良子は、大学を卒業後、同じS商社に勤めた。いわば、内田とは職場結婚である。

内田が、亭主関白で、結婚したら、女は家庭に入るべきものだという主義だったか

ら、良子も、すぐS商社をやめた。まだ、結婚して一年しかたっていない。

職場の同僚は、誰もが、二人の夫婦仲は良かったという。

「二人とも、まじめ過ぎるぐらいまじめでしたからね。その点で、多少、ぎすぎすした夫婦関係だったかも知れないけど、殺人事件なんて、信じられませんねえ。まして、セールスマンを二人も殺してたなんて、何かの間違いじゃないのかなあ」

「良子さんは、責任感の強い人だったわ。頭もいいし、あたしたち女子社員のリーダー格だった。彼女が結婚した時、リーダーがいなくなるのが辛いなって、誰もが思ったものだわ。誇り高くて、自尊心の強い人だったけど、人を殺すなんて、ぜんぜん考えられないな。そんな人じゃないもの」

上司の見方も同じだった。二人ともしっかりした人間で、夫婦仲もいいように見えたし、殺人事件に発展するほどの憎しみが、二人の間にあったとは信じられないと、主張した。

警察は、良子の浮気の線を考えた。

人妻と、若い魅力的なセールスマンの情事。あまりにも通俗的な図式だが、この図式なら、何とか、良子が三人もの男を殺した理由を説明できるように思えたからである。

内田は、仕事熱心なエリートサラリーマンだ。当然、家庭のことは、かえりみなかったろう。寂しさに耐えかねた良子が、つい、若いセールスマンの誘いにのった。二人の中のどちらのセールスマンと関係を持ったかはわからない。警察は、鈴木祐介の方だろうと推理した。もう一人の松下明が、小太りで、あまり魅力のない男なのに比べて、鈴木の方は、現代風にすらりと背が高く、甘い顔立ちをしていたからに過ぎない。

良子は、夫に内緒で、何度か、セールスマンの鈴木祐介と肉体関係を持った。しかし、良心の苛責《かしやく》に耐えかねて、その関係を打ち切ろうとしたとき、それを、同じセールスマンの松下明に知られてしまった。

松下は、夫に知られたくなければ、自分のいうことも聞けと、良子に迫った。良子が、それを断わり、怒った松下は、鈴木と良子との関係を夫の内田に、ばらしてしまった。

そのあと、夫婦の間で、どんなすさまじい喧嘩があったかはわからない。生真面目な性格だけに、かあッとなる度合いも強かったろう。内田は、妻の良子と鈴木の二人を呼びつけて、難詰《なんきつ》した。ナイフで、脅した。鈴木は逃げようとしたので、内田は、背中から刺した。鈴木が、背中を刺されて死んでいるのが、それを物語っている。次に、内田は、良子も殺そうとした。もみ合っている中に、逆に、良子の方が、内田を刺してしまった。力の弱い良子が、逆に内田を殺してしまったのは、恐らく、内田が、本気で妻を殺すつもりはなかったからだろう。

夫と鈴木を一時に失った良子は、全ての責任は、夫に告げ口した松下明にあると考え、彼に復讐することを考えた。気のあるような振りをして、松下を家に呼び入れ、背中から刺して殺し、三人の遺体は、庭に埋めた。

以上が、警察の考えた良子の動機と、殺人の経過だった。

「どうだ？　この通りじゃないのか？」

と、刑事が、良子を見すえた。

が、良子は、黙って、笑っただけだった。

3

この事件を担当することになった佐伯検事は、警察で作られた調書に、ある不安を感じた。

被告人の自供もある。死体が三つも揃っているし、夜中に、死体を庭に埋めている良子を見たという目撃者も見つかった。血で汚れた彼女のワンピースも、家宅捜索で出て来ている。死体を埋めた時に使われたと思われるスコップも、証拠として提出された。

内田良子の有罪は、まず間違いない。どんな敏腕弁護士が、この事件を担当しても、こちらが負ける気遣いはないだろう。

(だが、内田良子は、何故、動機を喋ろうとしないのだろうか？)

それが、佐伯の心に引っかかる。

これまでにも、犯行を否認したまま起訴された事件を、佐伯は、何件か担当したことがある。数件の殺人を犯した犯人が、その一切を否認したという事件も扱った。しかし、殺人そのものは認めながら、その動機について沈黙したまま送検されてきた事件は、今回が初めてだった。

普通なら、すぐ起訴する事件である。だが、佐伯は、もう少し事件のことを知りたくて、事件を担当した吉村警部に会って、くわしい事情を聞くことにした。

「どうも、よくわからないんだがね」

と、佐伯は、吉村に、外遊みやげの外国煙草をすすめながら、いった。

「内田良子は、いったいどんな女なんだね？」

「彼女にお会いになりましたか？」

「会ったよ。だが、警察調書にあった通り、殺人は認めたが、あとは、何をきいても、黙秘するだけだ」

「われわれが調べた時と同じですね」

「何故、動機について、黙秘するのだろう？」

「わかりませんが、自分の浮気のせいで、三人もの男を死なせたことが明るみに出るのが、嫌なんじゃありませんか。最後の見栄《みえ》ですかね。それで、何とか、自分の有利になるような嘘の動機を考えているんじゃないでしょうか」

「しかしねえ」

佐伯は、言葉を切り、自分の煙草に火をつけて、

「警察の調書に従えば、彼女は、三人の中二人しか殺していないことになる。鈴木祐介は、夫の内田が、嫉妬から殺したことになっているからね。また、内田は、争って、間違って殺したとある。となると、彼女が、初めから殺意をもって殺したのは、松下明一人になってしまう」

「ご不満ですか？」

「納得のできる動機だとは思うよ。しかし、彼女は、三人の男全てを、自分で殺した

と、私にいった」

「われわれに対しても、そういいました。しかし、どう調べても、彼女は、三人の男を皆殺しにするような女じゃありません。それで、浮気がばれて、止むなくということになったのです。ばれたとしても、彼女の方から、夫を含めて、三人も殺すことは、とうてい考えられないので、あんな調書になったわけですが」

「だが、浮気がばれて、殺したのかときいたら、内田良子は、ニヤッと笑ったよ」

「われわれに対しても、同じように、ニヤッと笑いました」

「どうも、あの笑い方が、気になって仕方がないのだ。お前には、何もわかっていないんだと、こちらを笑っているような気がしてね」

「では、他に動機があるとお考えですか？」

「あるかどうか、それが知りたいんだ」

と、佐伯はいった。

佐伯は、吉村警部と別れると、この事件を、彼自身で、もう一度、調べてみることにした。

被告人の内田良子に同情したからではなかった。法廷で、間違いを犯したくなかったからである。

起訴状には、殺人の動機が示されなければならない。もし、それが間違っていたとしても、彼女の有罪が、無罪に変ることは、まず考えられなかった。弁護士も、法廷では、無罪を主張はして来ないだろう。恐らく、彼女が殺人を犯さなければならなかった事情を述べて、情状酌量を求めてくるのが、精一杯のところだ。とすれば、裁判で負けることは、ありえないだろう。

だが、佐伯は、完全でありたかったのだ。

佐伯は、殺された二人のセールスマンのことを調べてみた。

鈴木も、松下も結婚しており、松下には、五歳と二歳の女の子がいた。鈴木は、六ヵ月前に結婚したばかりである。未亡人になってしまった妻君は、若くて美人だった。もちろん、だからといって、セールス先の奥さんと関係しないとは、いい切れない。

佐伯が、注目したのは、鈴木が、内田家を訪ねたのが二回、松下の方は三回という少なさだった。

警察が、肉体関係が出来、それがばれたために、悽惨な殺人事件に発展したと書いたそのセールスマンは、たった二回しか、良子の家を訪ねていないのだ。

初めて行った家で、そこの奥さんと、セールスマンが関係が出来てしまう。あり得ないことではないだろうが、三人もの人間が死ぬ事態になるには、たった二回の訪問というのは、少な過ぎはしまいか。

（だが――）

殺人の動機が、彼女の浮気でないとしたら、いったい、どんなことが考えられるだろうか？

内田良子は、三人の男を殺したことを認めている。つまり、夫と、二人のセールスマンに対して、殺したいほどの憎しみを持っていたということになる。しかし、夫婦仲はよかったというし、別の会社のセールスマンを、同じように、殺したいほど憎むことがあり得るだろうか？　しかも、セールスマンは、二人とも、仕事熱心で、評判のいい男だった。彼等がセールスして廻った他の家庭を調べて廻ったが、殺したいほど嫌な男だったという話は、一つも聞かれなかった。

内田良子は、ある日突然、殺人鬼に変身したのだろうか？

結局、佐伯は、警察の調書を元にして起訴状を作成するより仕方がなかった。

裁判長は、保守的な考え方の井本判事に決った。井本は、現代のウーマン・リブに批判的だったし、権利ばかり主張する女は大嫌いだと、雑誌に書いたことがある男である。女の被告に厳しい傾向もあった。

今度の事件に関する限り、検事側に有利な判事だった。

公判の三日前になって、突然、良子は、国選弁護人を解任して、佐伯を驚かせた。

「私は、弁護人を必要としていません」

と、良子はいった。

4

家庭の主婦が、夫を含めて三人の男を殺し、庭に埋めていたという事件は、いかにも猟奇的で、週刊誌や、テレビの恰好の材料だったとみえて、競って取りあげた。

良子の動機については、セールスマンとの浮気と、警察の発表を、そのまま書いているのは、警察の発表をうのみにしたというより、他に考えようがなかったのだろう。

公判一日目は、朝から小雨が降っていたにも拘《かかわ》らず、東京地裁の前には、傍聴券を手に入れようとする男女が、列を作った。先頭の若い女性は、前日から並んだという。それだけ、この事件が、世の注目を集めたということだろう。

午前十時、開廷。

佐伯は、検事席に腰を下し、廷吏《ていり》に連れられて入廷して来る内田良子を、じっと見つめた。

殺人事件の被告人の場合、政治テロの犯人のような確信犯は別にして、入廷して来ると、法廷の厳しい雰囲気に怯えて、俯《うつむ》いてしまうものである。

だが、内田良子は、やや蒼ざめてはいたが、昂然と顔を上げていた。

(まるで、確信犯のようだな)

と、佐伯は思った。

裁判長の井本は、不快さをかくさなかった。いかに、判決を受けるまでは、誰もが無罪だとはいっても、この事件の被告人内田良子は、殺人を自供しているのである。罪、それも、殺人を犯した被告人は、しおらしくしているべきだというのが、井本の持論だった。

しかも、この被告人は、国でつけた国選弁護人を解任し、私には、弁護人は必要ないなどといっている。自分のやったことに対して、少しも反省の色がないではないか。

裁判長による人定質問にも、良子は、落着いて答えた。

井本は、人定質問が終ったあと、念のために、

「被告人は、本当に弁護人を必要としないのかね？」

と、きいた。

「必要と致しません」

「何故だね？」

「私自身が弁護した方が、真実がわかって頂けると思うからです」

井本は、肩をすくめ、佐伯に眼をやって、

「検事は、起訴状を読んで下さい」

佐伯は、立ち上った。

内田良子に対して、生意気なという気があったから、彼女を睨みつけるようにして、起訴状を読みあげていった。動機について、若いセールスマンと関係を持ち、それがばれて、嫉妬に狂った夫が、セールスマン鈴木祐介を殺し、その夫と、松下明を、被告人は殺害したと述べた。

「しかも、被告人は、発覚を恐れて、三つの死体を、自宅の庭に埋めたのであります。被告人は、家庭の主婦でありながら、自己の性的欲望を満足させるために、若いセールスマンを誘惑して関係を結び、それが発覚するや、殺人によって、隠蔽《いんぺい》せんとしたのであります。その行為たるや、残虐無比、一片の情状酌量の余地もないものであります」

「弁護人は、今の検事側の発言に対して、何かいうことがありますか？」

と、井本は、良子を見た。今、良子は、被告人であると同時に、弁護人なので、井本の語調も、自然に丁寧になってくる。

良子は、微笑して立ち上った。

「検事のいわれたことを、一つだけ訂正しておきたいと思います。検事は、私が、夫とセールスマン一人の合計二人を殺したといいましたが、それは違います。もう一人のセールスマンも、私が殺したのです。私が殺したのは二人でなく、三人です」

彼女の言葉で、後方の傍聴席に、どよめきが起きた。普通は、検事が犯行を大きくいい、弁護人がそれを否定するのに、内田良子は、全く逆の態度をとったからだろう。

(何を企んでいるのだろう？)

と、佐伯は、良子の顔色をうかがった。

二人、それも、夫の方は、はずみで殺したものと、こちらがいっているのに、わざわざ、三人とも自分が殺したと主張する彼女の真意がつかみかねた。まさか、より重い刑を望んでいるわけでもないだろう。

何を企んでいるかは、裁判が進むにつれてわかって来るだろう。

5

佐伯は、良子の犯罪を実証するために、次々に証人を出廷させた。

良子が、深夜庭に死体を埋めているのを目撃した近所の主婦。

死体を掘り出した警察官。

三つの死体を解剖した医師。

血痕のある良子のワンピースを鑑定した鑑識課員。

驚いたことに、弁護人でもある筈の良子は、井本裁判長が促しても、一度として反対訊問をしなかった。

一日目で、検事側の証人は、全て出つくした。証人の数が少なかったというよりも、反対訊問がなかったからである。

二回目の公判は、三日おいて開かれたが、この日も、傍聴席は満員だった。

今日は、弁護人側が、証人を出廷させる日である。

良子自身が、犯行を認めている以上、無実を証明する証人が出て来る筈がない。多分、彼女の友人なり、知人なりを出廷させ、彼女が根っからの悪人ではないことを証言させるのだろうと、佐伯は、読んでいた。

「弁護人は、証人を呼んで下さい」

と、井本が促した。

良子は、ゆっくり立ち上ると、

「第一の証人として、佐伯検事を喚問したいと思います」

「何だって？」

思わず、佐伯は、検事席で声をあげてしまった。

井本裁判長も、眉をひそめて、

「もう一度、正確にいってくれませんか」

「弁護人は、第一の証人として佐伯検事を喚問したいと思います。そして、第二の証人として、井本裁判長を喚問したいと思っています」

また、傍聴席がどよめいた。井本は、いよいよ苦り切って、

「弁護人は、ふざけているのですか？」

「いいえ。この裁判では、どうしても、あなた方の証言が必要だからです」

「何故です？」

「検事は、起訴状の中で、二度にわたって、『めぐまれた家庭の主婦として生活しながら』『家庭の主婦にあるまじき』といわれています。つまり、私は、家庭の主婦として裁かれるのです。それならば、私は、検事や裁判長が、家庭の主婦というものを、どう考えているか、知りたいと思うのです」

「裁判長としての意見を聞きたいというのですか？」

「同時に、男の代表としての意見もです」

井本は、当惑した顔で考えていたが、このままでは、裁判の進行がおくれると思った。相手が、何を企んでいるのかわからないままに、

「証人席に座るわけにはいきませんが、ここから質問に答えましょう。何をききたいんですか？」

「家庭の主婦をどうお考えですか？」

「どうというと？」

「詰らない存在だとお考えですか？」

「とんでもない。私は、主婦というのは、大事な、立派な仕事だと考えていますよ。今の若い女性たちが、主婦業を詰らないと考え、やたらに外に出たがるのを、私は、遺憾に思っているのです」

「では、家庭の主婦の仕事に、誇りを持つべきだとお考えですのね？」

「もちろんです。世の女性たちに、主婦というものに、大いに誇りを持って頂きたいと思っています。最近、家庭の崩壊が問題にされたり、人間関係がギスギスしたりしているのは、家庭の主婦が、自分の仕事に誇りを失ったからだと、私は考えています」

「佐伯検事のご意見も同じですか？」

「裁判長と同意見です」

「では、この裁判中、それを忘れないでいて下さい」

6

良子は、被告人として、証人席についた。

佐伯検事は、眼鏡を指先で押さえるようにしながら、

「三人を殺したという自供は、まだ変える気はありませんね？」

「ありません。三人を殺したのは、私です」

「逮捕されてから今まで、動機について黙秘してきたのは、何故です？」

「誤解されるのが心配だったからです」

「今はどうです？」

「裁判長と、検事のご意見を伺ったので、今は、事実を述べる気になっています」

「じゃあ、ききましょう。あなたは、何故、三人もの男を殺したのですか？」

「誇りを傷つけられたからです」

「誇り？　何の誇りです？」

「主婦としての誇りです」

「よくわかりませんがね。どういうことですか？」

「さっき、あなたも、判事さんもおっしゃったじゃありませんか。主婦としての仕事に、誇りを持てと。その誇りを傷つけられたから、我慢がしきれずに殺したのです」

「三人ともですか？」

「そうです」

「どうもよくわからないのだが、ご主人のことから話してくれませんか」

「結婚したとき、私は、仕事を続ける気でした。ところが、主人は、主婦業も、立派な仕事なのだから、家に入ってくれといいました。私は、それに従いました。主婦も、立派な一つの職業だと思ったからです。私は、その職業に、誇りを持ちました。

食事を作ること、家の中の拭き掃除、庭の手入れ、それに近所づき合い、そうした仕事に、私は、全力をつくしました。それなのに、主人は、全く、そうした私の努力に敬意を払ってくれませんでした。主婦としての仕事に誇りを持てといっておきながら、それに冷水をかけるような態度ばかり取り続けました。女のくせにとか、主婦のくせにとかいった言葉で、私を呶鳴《どな》りつけたのです。そのくせ、私が、彼の仕事のことで忠告しようものなら、誇りを傷つけられたように、怒り狂いました。あの日、私は、とうとう我慢しきれなくなって、主人を殺してしまったのです」

「二人のセールスマンは、何故、殺したんですか？」

「一人は、電気掃除機、もう一人は、交換式のハンディモップをセールスに来たんです。私は、今もいったように、主婦としての職業に誇りを持っていました。家の中の掃除も、三回、四回と繰り返して、チリ一つないように、完璧にしました。それが、私の職業と思ったからです。ところが、あのセールスマンは、家に入って来るなり、座敷にゴミが落ちているといい、見本に持って来た電気掃除機を使って見せたり、床が汚れているといって、ハンディモップを使って見せたりしたんです。主婦としての誇りを持っていた私にとって、こんな侮辱があるでしょうか？　彼等のやったことは、私を無能だと決めつけていることなんです」

「だから殺したんですか？」

「私は、誇りのために、殺したんです。あなたも、判事さんも、主婦としての仕事に誇りをもてといわれましたわ。それに、判事さんは、確か、ある雑誌に、自分の仕事についてケチをつけられた職人が、相手を殺した事件のことを書いていらっしゃった。殺したのは遺憾だが、自分の仕事の誇りを傷つけられて、相手を殺す気になった気持もよくわかる、とですね。それなら、私の気持も、わかって頂ける筈です。それとも、さっきおっしゃったのは、タテマエで、本当は、家庭の主婦という仕事は、くだらないものだとお考えなんでしょうかしら？」

オーストラリアの蟬

1

井本は、夜が好きだ。それも、東京のような大都会の夜がである。

「君は、本当は夜が好きなんじゃなくて、事件が好きなのさ」

と、同僚の田中刑事がいったことがある。

そうかも知れないと、井本も思うことがある。

何の事件も起きない平穏な夜だったら、井本は、多分、退屈して欠伸《あくび》を嚙み殺すことになるだろう。

東京の昼と夜と、どちらが犯罪が多いのだろうか？

井本は、別にその統計をとってみたことはないし、捜査一課のベテラン刑事である彼は、昼だろうが、夜だろうが、事件が起きれば出かけなければならない。

だが、昼間の事件は、何となく、気が散って、捜査に力を集中できないような気がしてならない。事件の周囲が、ガヤガヤとやかましいこともあるが、何よりもいけないのは、事件とは何の関係もない日常生活が、ゆうゆうと進行しているということである。

昔、井本が見た映画に、「裸の町」というのがあった。全篇全て、ロケというアメリカ映画で、高いビルの屋上に追い詰められた犯人が、ふと下を見ると、さんさんと降り注ぐ太陽の下で、テニスを楽しんでいる若者たちの姿が眼に入るラストシーンが、特に評判だった。

そのシーンに、犯人の孤独がよく表われていると、批評家たちはいったが、井本にいわせれば、そのシーンには、同じように、追いかける刑事の孤独だって、色濃く出ているのだ。

井本たちが、昼間の街中で、犯人を追いかけていても、大半の市民は、無関心だ。恋人たちは、自分たちの会話に夢中だし、商人は客との応対に没頭して、振り向きもしない。たとえ、振り向いたとしても、ただそれだけだ。

だから、井本は、昼間の捜査が嫌いなのだ。

夜、それも、人々の寝静まった深夜なら、そんなことはない。大都会は四十八時間起きているといっても、夜の十二時を過ぎれば、ほとんどの人は、眠る。そんな中での捜査は、純粋に、犯人と刑事だけの戦いになる。井本は、それが好きだった。

その事件が起きた時も、午前二時を過ぎていたから、井本の時間であった。

2

若い女が、マンションの一室で惨殺されたのだ。

2LDKのその部屋を、友だちのホステスが、酔って訪ねて来て、死体を発見して、一一〇番した。

駈けつけた井本は、居間のじゅうたんの上に、パンティ一枚の姿で、俯伏《うつぶ》せに横たわっている死体を眺めた。

くびには、シームレスの靴下が巻きついている。いや、食い込んでいるといった方が正確だろう。

白い肌のところどころに、擦過傷があるのは、よほど、抵抗したのかも知れない。

井本は、俯伏せの死体を、抱くようにして、引っくり返した。

苦悶が、そのまま張りついてしまっている女の顔が、明りの下に、むき出しになった。

二十七、八歳といったところだろう。死顔は、醜く歪んでしまっているが、眼も大きく、鼻筋も通っている。バストも豊かだし、背も、すらりと高い。生きている時は、さぞ魅力的な女性だったに違いない。

「こんな美人を、もったいないことをするもんだねえ」

と、同僚の田中が肩をすくめた。

「ああ、もったいないな」

井本も、肯いた。

「寝室を調べて来たが、金も、宝石も盗まれていなかったよ」

「すると、痴情関係か」

「そうなると、こいつは骨が折れるぜ」

田中が、うんざりした顔で、井本にいった。

「なぜだい？」

「仏さんを見ろよ。美人で、その上、いい身体をしている。この部屋だって、なかなか、豪華なものだ。調度品が高級だし。美人で、派手な生活をしている女なら、きっと、関係のある男は、山ほどいるぜ。それを一人一人当っていかなけりゃならないからさ」

「同感だね」

と、井本はいったが、田中のように、うんざりはしていなかった。一人の人間の秘密をのぞくのは、面白いものだ。

井本は、発見者の女に眼をやった。

銀座のバーで働いているという女は、酔いもすっかりさめてしまったらしく、蒼ざめた顔で、ソファに腰を下していた。

井本は、彼女の横に腰を下した。

「まず、名前を聞かせてくれないか」

と、彼はいった。

「あたしのですか？」

女は、死体に、ちらりと眼をやってから、きき返した。

「ああ」

「吉田トキエです。銀座のバーで働いています。一流といえる店じゃありませんけど」

「それはいいよ」と、井本は笑った。

「第一、おれには、銀座の高級バーなんて、わからないからね」

「お店を終って、いったん、自分のマンションに帰ったんですけど、急に、アキちゃんに会いたくなって、タクシーを拾って、やって来たんです。そしたらドアが開いていて、アキちゃんが死んでいたんです」

「ドアが開いていたというのは、ドアが半開きになっていたという意味？」

「いいえ、ドアに鍵がかかっていなかったという意味です。ごめんなさい」

「あやまることはないよ。ところで、このアキちゃんだが、フルネームは？」

「白石秋子さんです」

「君とは、友だちだそうだね？」

「一緒に働いていたことがあるんです。二年前に、新橋のバーで」

「現在、彼女は、何をしていたんだろう？」

「知りません。この間、会ったら、何もしてないけど、お金に不自由はしないと、笑っていたんです」

「何もしなくて、お金に不自由しないか。いい身分だな」

「アキちゃんは、誰に殺されたんでしょう？」

「誰か、特定の男がいたのかな？」

「知りません。そういう方面のことは、何も教えてくれない人でしたから」

「しかし、美人で、グラマーだからね。さぞ、男にもてたんじゃないかね？」

「あたしと一緒に、新橋のバーで働いていた時は、刑事さんのおっしゃるように、すごくもてましたわ。彼女目当てにお店に来るお客が、何人もいましたもの」

「それなのに、バーをやめた？」

「ええ」

「いいパトロンでも見つけたのかな？」

「かも知れませんけど」

「けど、何だい？」

「彼女、ひとりの男のいいなりになるのはごめんだともいってました」

「ほう」

「だから、特定のスポンサーはいなかったと思うんです」

「つまり、何人もの男から、金を貢がせていたということかな」

「貢がせていたなんて――」

トキエは、眉をひそめた。

井本は、ニヤッと笑って、

「おれは、生れつき、口が悪くてね。何人もの男に可愛がられていたといったらいいのかね？」

「アキちゃんは、あまり男を信用していなかったんです」

「それは、男に裏切られたことがあったからかい？」

「水商売に入る前に、一度、男に裏切られたことがあるとはいってましたけど、あたしは、詳しいことは知らないんです」

「恋人はいなかったのかな？」

「さあ。さっきもいったように、プライベートなことは、あまり話さない方だったから」

「なるほどね。ご苦労さん」

「いいんですか？」

トキエは、意外そうに、井本を見た。もっと、しつこく訊問されると思っていたらしい。

「ああ、もういいよ」と、井本はいった。

「それとも、犯人の心当りでもあるのかい？」

「いいえ。そんなものはありませんわ」

トキエは、あわてた声でいった。

3

井本は、田中のところへ戻った。

鑑識の連中が、死体にむらがって、写真を撮ったり、指紋を調べたりしている。

「被害者は、どうやら、高級コールガールだったらしいぜ」

と、井本は、田中にいった。

田中は、別に意外そうな顔もせず、

「そうだろうと思ったよ」

と、いった。

「わかってたみたいないい方だな」

「これが、寝室にあったのさ」

田中が、可愛らしいアドレスブックを、井本に差し出した。

井本は、受け取って、ページを繰ってみた。

男の名前と、電話番号が、三十人ばかり書きつらねてある。

その中には、井本の知っているタレントの名前ものっていた。もちろんタレントと同名異人かも知れなかったが。

「たいしたもんだ」

と、井本は、肩をすくめたが、もう一度、ページを繰ってみて、その中の一枚が破り去られていることに気がついた。ページのナンバーが、飛んでいるのだ。

「一枚、破られているぜ」

「本当か」

と、田中も、あわてた顔でのぞき込み、

「確かに、破られているね。犯人が自分の名前が書いてあったので、破って、持ち去ったのだろうか？」

「そうかも知れないし、被害者が、書き損じて、破り捨てたのかも知れん。今のところ、どっちともいえないな」

井本は、住所録をポケットに押し込んでから、寝室に足を運んだ。

赤いシェードのついた電気スタンドが、四畳半の寝室に、怪しい雰囲気を作っていた。

壁も、カーテンもピンクで、ベッドは、純白だった。

ベッドは乱れており、床に、ネグリジェや、ブラジャーが散乱している。

「ここで殺されて、居間まで引きずられたんだな」

井本が、眼を光らせていうと、田中も、「そうらしい」と、肯いた。

「ただ、なぜそんなことをしたのかわからないんだ。わざわざ、死体を、寝室から居間まで運ばなければならない理由がないように思うんだがね」

「居間へ運んだと考えるからおかしいんで、マンションの外に車が置いてあるし、トランクへでも投げ込むつもりだったんじゃないかね。ところが、居間まで運んだところで、発見者の吉田トキエの足音が聞こえたので、あわてて、居間に放り出して、逃げ去った」

「おれも、最初はそう考えたよ」

「違うのか？」

「違うんだ。この部屋の間取りを考えてみてくれよ。中央に入口があって、その両方に、寝室と居間がある構造だ。外へ運び出すんなら、寝室からすぐ、廊下へ出せばいいんだ」

「確かにそうだ。しかし、それなら、なぜ、わざわざ寝室から運び出したんだろう？」

「居間には、ベランダがついている。そこから、外へ放り出すつもりだったんじゃないかな。だが、面倒くさくなったか、人の来る気配であわてて逃げ出した――」

「ベランダから突き落として、犯人に、何のトクがあるんだい？　ストッキングで、首を絞めて殺したんだぜ。ベランダから突き落としたって、事故死には、見せかけられやせんよ」

「そういえば、そうだな」

「この寝室で、犯人は、何か探そうとしたんじゃないかな。探すのに、死体が邪魔なんで、他に移したのかもしれないな」

「何を探すためにだ？」

「おれが知ってるわけがないじゃないか」

井本は、怒ったような声でいい、床のじゅうたんに膝をつくと、ベッドの下をのぞき込んだ。ひょっとして、何か犯人の遺留品がないかと思ったからである。

小さな黒っぽいものが、井本の視野に入った。ベッドの下は暗くて、それが何なのかわからない。

（まさか、毒グモでもあるまい）

と、井本は、腹這いになって、手を、ベッドの下へ差し入れて、そこに落ちているものをつかんだ。

一瞬、「うッ」と声をあげたのは、手につかんだものが、動いたような気がしたからだった。

何か、小さな動物らしい。が、手に痛みは感じなかったから、刺すような動物ではないようだ。

手を戻し、つかんだものを、明りの下で見つめた。

妙なことに、井本の掌の上にのっているのは、蟬だった。茶褐色をした、かなり大きな蟬である。細い足を、かすかに動かしているところをみると、まだ生きているのだ。

「蟬だぜ」

と、井本は、それを田中の眼の前に突きつけた。

「蟬じゃあ、しようがないな」

田中が、そっけなくいうのへ、井本は、強く首を振った。

「いや。こいつは重大なことだ。今、何月だと思う。二月三日。冬のまっ盛りなんだぜ。蟬がのこのこ歩いてる季節じゃないんだ」

4

十五、六分して、蟬は、動かなくなってしまった。死んでしまったのだ。
井本は、死んでしまった蟬を、しばらくの間、見つめていた。

「君が蟬を好きとは知らなかったな」

と、田中が、からかった。

井本は、それを、ていねいにハンカチに包んで、ポケットにしまってから、

「おれは、この蟬が、事件に関係しているような気がしてならないんだ」

「しかし、まさか、その蟬が、白石秋子を殺したわけじゃないだろう？」

「よせよ。おれは、犯人の遺留品じゃないかと思ってるんだ。犯人は、これを探すために、邪魔になる死体を、寝室の外へ運び出したんじゃないかとね」

「犯人が、どうして、蟬なんか持っていたんだい？　この冬の盛りにさ」

「おれだって、それを知りたいよ。とにかく、おれは、この蟬が気になるんだ。いる筈のない蟬がいたんだからな。しかも、生きてだ。だから、この蟬のことを調べてみる」

「おれは、アドレスブックの男たちを当たってみるよ。その中に犯人がいる可能性が強いからな」

と、田中は、主張した。

翌朝から、田中は、他の刑事たちと一緒に、アドレスブックにあった男を、一人一人、洗い始めた。

井本の方は、自分の主張を通して、たったひとりで、蟬のことを調べてみることにした。

まず、死んだ蟬をもって、井本は、大学の昆虫学者を訪ねた。

今、東京では、蟬は生きていない。幼虫は、土の中の筈である。日本の一番南の沖縄でも、同じことだろう。

としたら、この蟬は、どこの土地のものなのかを知りたかったからである。

N大の三宅という助教授が、会ってくれた。

三宅は、井本が、ハンカチにくるんで来た蟬を、興味深く見つめた。

「これは、オーストラリア西部にいる蟬ですよ」

と、三宅はいった。

難しい名前をいったが、井本は、蟬の名前など、どうでもよかった。オーストラリア西部にいる蟬が、何故、東京の殺された女の寝室にいたかが問題なのだ。

「オーストラリアは、日本と気候が逆だから、今、夏の筈ですね？」

「そうですね」

と、三宅が肯く。

「だとすると、今頃、この蟬は、オーストラリア西部で、盛んに飛び廻っているわけですね？」

「そうです。私も、去年、オーストラリアへ行って、この蟬を採取してきましたよ」

三宅は、奥から、採取した蟬の標本を持って来て見せてくれた。

なるほど、オーストラリアの分類のところに、同じ蟬がピンで止められていた。

「すると、この蟬も」と、井本は、自分が持って来た蟬を指さした。

「誰かが、オーストラリアから持って来たということになりますね？」

「そうですね。他にはいない蟬ですから。あなたのお友だちが、オーストラリアから、最近、帰られたんですか」

「いや、実は、殺人事件でしてね。殺されたのは、マンション住いの若い女性なんですが、ベッドの下に、この蟬がいたんです」

「すると、その女性が、オーストラリアから持ち込んだということですかね」

「いや。彼女は、最近、どこへも旅行していないとわかりました」

「すると、犯人が落としていったということですか？」
三十五、六歳に見える若い三宅助教授は、好奇心一杯の眼つきで、井本を見つめた。
「その可能性が大きいので、調べているのです」

「しかし、若い女性へのプレゼントとしては、あまり気のきかんお土産ですね。その女性が、私のように、蟬や蝶に興味を持っていれば別ですが」

「そんな様子はありません。この蟬が、世界的に貴重なものだということはありませんか？　オーストラリアでも、あまりいないというような」

「そんなことはありませんよ。オーストラリアの西部では、嫌になるほどいます。それに、これと似た種類の蟬は、他にもいますから」

「そうですか」

「私は、昆虫に興味のない若い女性に、死んだ蟬をプレゼントしたって、仕方がないと思いますがねえ」

「いや。この蟬は、私が見つけた時は、まだ生きていたんです」

「生きていた？」

「ええ。生きていましたよ」

「そいつは、おかしいですね」

「なぜです？」

「条例がありましてね。動植物は、生きたまま、オーストラリアの外へ持ち出せないことになっているからですよ。動植物の病気が、国外へ伝染するのを防ぐためです。たいていの国で、やっていることですがね」

5

井本は、わけがわからなくなって、捜査本部に戻った。

夕方になって、田中たちも疲れた顔で、帰って来た。

「アドレスブックにあった三十一名全員に当ってみたがね。全部シロだったよ」

と、田中が、疲れた声でいい、若い刑事が差し出したお茶を、いっきに飲みほした。

「すると、犯人は、破りさられていたページにのっていた男ということになるのかね？」

井本は、煙草に火をつけてきいた。

「かも知れないし、流しの犯行かも知れん」

「流しの――？　しかし、それだったら、行きがけの駄賃に、金や宝石を持ち去るんじゃないかね？」

「いや、おれが流しのといったのは、もう少し違う意味さ。例えば、セールスマンが、仕事で訪問していて、被害者と話しているうちに、急に、むらむらして、襲いかかり、殺してしまったのではないかと、考えたんだがね」

「夜中の二時に、セールスマンが訪問するかい？」

「もちろん、訪問したのは、夕方だろう。そして、殺した。それから、午前二時近くなって、吉田トキエが訪ねて来て、死体を発見した。考えられないことじゃないだろう？」

「なるほどな」

井本が肯いた時、電話が鳴った。

井本が受話器をつかんだ。相手は、死体の解剖を依頼してあった大学病院の医者だった。

井本は、話を聞いて電話を切ると、田中に向って、

「死亡推定時刻は、午前零時から一時の間だそうだよ。セールスマンが犯人だとすると、そのセールスマンは、深夜に訪問したことになるぜ」

「セールスマン説は、無理か」と、田中は、肩をすくめた。

「君の方はどうだったんだ？　蟬から犯人が割れたかい？」

「こっちも、どうも芳《かんば》しくないんだ。君は、この蟬が生きて動いているのを見たろう？」

「のろのろとだが、足を動かしていたような気がするな」

「そうさ。この蟬は、発見した時、間違いなく生きていたんだ」

「それが大事なことなのか？」

「オーストラリアの蟬なんだが、生きたまま、日本へ持ち込むことは、法律で禁じられているというのさ」

「すると、法律を犯して持ち込んだということかい？」

「そうなるんだが、学者先生の話じゃあ、それほどまでして、持ち込むほど貴重な蟬じゃないというんだ」

「被害者が、蟬が好きだったということは？」

「あの部屋に、蟬の標本なんか、一つもなかったぜ」

と、井本は、いった。

それでも、井本は、蟬の線を捨てかねた。

夜の気配が深くなるのを待ってから、井本は、死体の発見者、吉田トキエの働いている銀座のバーを訪ねた。

彼女のいった通り、銀座では、中流の店だろう。

カウンターに、向い合って腰を下すと、トキエは、井本の煙草に火をつけてくれてから、

「アキちゃんを殺した犯人がわかりまして？」

と、きいた。

「それが、まだ、五里霧中でね。彼女のことだが、蟬が好きじゃなかったかい？　夏になると鳴く蟬さ」

「そんなこと聞いたことありませんわ。むしろ、彼女は、生き物が、あまり好きじゃなかったみたい」

「生き物は嫌いか」

だとすると、なぜ、寝室に、オーストラリアの蟬がいたんだろう？

井本は、被害者の歓心を得ようとした犯人が、あの蟬を持って来たのではないかと

考えたのだが、肝心の被害者が、蟬が嫌いだったのでは、この推理は、成り立たない。

「君は、蟬は嫌いかね？」

「あまり好きじゃありません。だいたい、蟬なんて、子供が好きなもんでしょう？」

「それだ！」

「え？」

「子供だよ」

と、井本は、大きな声を出した。

「子供がどうしたんですか？」

「彼女に子供がいたんじゃないのかね？　どこかに預けてある子供が」

「さあ」

「知らないのかい？」

「彼女は、この前も申しあげたように――」

「プライバシーを話したがらないかね？」

「ええ」

「君は、ずっと、彼女と一緒にいたわけじゃないだろう？」

「ええ」

「それなら、彼女に子供が出来ていて、君が知らない場合も、あり得るわけだ」

「それは、そうですけど」

「彼女が、子供の話をしたことはなかったかね？」

「覚えていませんわ」

トキエは、本当に知らないようだった。

井本は、話を切りあげて、捜査本部に戻った。

若い日下刑事が、井本の顔を見ると、「井本さん」と、声をかけて来た。

「被害者に子供がいましたよ」

「やっぱりな」

「井本さんは、ご存知だったんですか？」

日下が、びっくりして、井本を見た。

「子供がいなければ、おかしいとは考えていたんだ。それで、その子は、何歳になるんだ？」

「男の子で、小学二年生だそうです。現在、神奈川の祖母のところで、育てられているようです」

「小学二年生か」

「明日、その家を訪ねることになっています」

「子供に会ったら、きいてみてくれ。蟬が好きかどうかだ。それに、蟬のコレクションをしているかどうかもだ」

「わかりました」

「ところで、田中刑事がいないが、何処かに行ったのか？」

「ついさっき、何か心当りがあるといって、出て行かれました」

「心当り？」

「例のアドレスブックにある人物の一人じゃありませんか？」

「だが、そのアドレスブックは、ここに置きっ放しだぜ」

井本は、田中の机の上にのっているアドレスブックを手に取って、日下にいった。

「そうですね」

日下も、ちょっと変な顔をした。

井本は、そのアドレスブックを、ぱらぱらとめくりながら、

「君は、なぜ一緒に行かなかったんだ？　今度の事件では、彼とコンビを組んでるんだろう」

「そうなんですが、どうしても、ひとりで調べたいことだからといって、出かけられたんです」

「あいつらしくないな」

と、井本は、首をかしげた。

田中は、生まじめな男である。悪くいえば小心な男だ。自分ひとりで、単独行動をとるということは、めったにない。

それが、何故、今度の事件に限って、ひとりで、捜査に出かけて行ったのだろうか。

「このアドレスブックにのっている人間は、全部調べたんだろう？」

井本は、日下にきいた。

「調べました」

「それで、全部、シロと出たと聞いたんだが」

「全員、確固としたアリバイがありました」

「すると、田中は、全く新しい容疑者を見つけ出したということなのかも知れないな」

しかし、それなら、何故、たったひとりで出かけて行ったのだろうか？

「雨が降って来たぞ」

と、窓の傍にいた棚橋刑事が、夜空を見上げていった。

6

夜明け近くなっても、田中刑事は、捜査本部に戻って来なかった。

雨は、降り続いている。

井本は、椅子を並べて、毛布を頭からかぶって、仮眠をとった。

目ざめた時、東側の窓から、朝の陽が射し込んでいた。

大きく、伸びをしてから、洗面所で、顔をごしごし洗った。

日下刑事が、タオルを差し出しながら、

「田中刑事は、とうとう帰って来ませんでした」

「そうかい」

「電話での報告もありませんでした」

「あいつは、四十三だよ。確か——」

「はあ」

「女房も子供もいる」

「お子さんには、会ったことがあります。お二人もいたのでは、大変だと思いました。井本刑事は、たしか、おひとりでしたね？」

「安月給で、来てがないのさ」

と、井本は、笑ってから、

「田中は、おれなんかより、ずっと、大人だよ。そのうち、犯人を見つけて引っ張ってくるさ」

だが、昼近くなっても、田中の小柄な姿は、捜査本部に戻って来なかったし、電話での連絡もなかった。

昼食中に、井本が、上司の捜査一課長に呼ばれた。

「田中君が、全然連絡して来ないそうじゃないか」

と、課長は、その責任が、井本にあるようないい方をした。エリートコースを歩いて来た三十九歳の課長は、あまり、現場に理解がなかった。自分の思う通りに、部下が動かないと、すぐ腹を立てた。

「捜査をしていると、途中で連絡できない場合もあります」

と、井本は、まっすぐに、相手を見つめていった。

「しかし、絶えず連絡をとるのが、捜査の基本じゃないかね？」

「基本は、あくまでも基本でしかありません」

「それに、たったひとりで、行先も告げずに出かけるというのは、どういう神経なのかねえ？」

課長が、舌打ちをする。

その点は、井本にもわからなかった。田中が、行先を告げずに、捜査に出かけることは、めったになかったからだ。

だが、課長に向っては、

「多分、今度の事件の有力容疑者を見つけたんだと思います」

と、いった。

「それなら、何故、連絡して来ないんだ？　近代捜査では、抜けがけや、単独行動がタブーなことくらいわかっている筈だ」

「そのうちに、素晴らしい報告を持って、帰って来ると思います」

「君は、彼とよくコンビを組むんだろう？」

「はい」

「その君も、彼の行方がわからんのかね？」

「わかりません」

「私は、田中刑事については、いろいろと噂を聞いているんだ」

「は？」

「かなりの借金をしているという噂も聞いている」

「私は、聞いていませんが、事実なんですか？」

「事実だよ。私は、調べさせたんだ」

課長は、口をゆがめていった。

（そんなに、部下を信用できないんですか？）

と、井本が、いいかけた時、日下刑事が顔をのぞかせた。

「井本さん」

と、呼んだ。

その顔が、蒼ざめているのを見て、井本は、課長に一礼して、廊下に出た。

「どうしたんだ？」

「田中刑事が、死にました」

と日下が、声をふるわせた。

7

井本は、現場である丸子多摩川に急行した。

田中の死体は、水に浮かんでいたという。井本が着いた時は、すでに河原に引き揚げられ、毛布が、かぶせてあった。

井本は、白っぽい顔で、毛布を持ち上げた。

ぐっしょりと水に濡れた田中の死体が、そこにあった。

眼を、ぽっかりとあけたままの死体だった。まるで、意外なことにぶつかって、びっくりしたまま死んでしまったような表情だ。

「胸を射《う》たれています」

と、横から、日下がいった。

「わかっている」

と、井本は、短くいった。

胸に二発、腹に一発。いずれも、服の上から射たれ、弾丸は、いずれも、田中の身体を貫通していた。

恐らく、大変な血が流れただろうが、その血は、死体が水に浮かんでいる間に、洗われてしまっていた。

井本は、屈み込んだ。

右手が、何かを握りしめていた。かたく握りしめた五本の指を、一本一本、引きはがしてゆくと、きらりと光るものが、地面に落ちた。

井本が、それを拾いあげた。

純金製のカフスボタンだった。小さなダイヤが埋め込まれている。

「犯人のものでしょうか？」

日下が、乾いた声できいた。

「多分な。田中刑事が、おれたちに渡したかったものだ。すぐ、このカフスボタンを調べてみてくれ。かなり高価なものだから、売った人間と、買った人間がわかるかも知れん。高級な装身具だけを扱う店に当ってみてくれ」

カフスボタンを日下に渡し、彼が駈け去ると、井本は、もう一度、田中の死体に眼を落とした。

この男の身体を貫通した弾丸は、背中にあいた穴から考えて、そう大きなものとは思えない。

しかも、貫通しているということは、かなりの至近距離から射たれたとみていいだろう。

距離は、せいぜい四、五メートルぐらいだったろうと、井本は思った。或は、もっと近い距離から射たれたのかも知れない。

田中は、用心深い男だった。しかも、彼は、内ポケットに、自動拳銃を持っていた筈だ。その拳銃は、なくなっている。

なぜ、田中は、相手が至近距離から射つまで、ぼんやりとしていたのだろう？　自分の拳銃を抜いて、応戦しなかったのだろう？

答は、いくつか考えられる。

犯人が、田中の親しい人間だったのではないかということも、答の一つだ。

犯人が親しい人間ではなかったが、絶対に、射ってくるとは思っていなかったという場合も考えられる。極端な話、相手が大臣クラスの人間だったら、いや、そんな大物でなくても、昔の友人だったり、上司だったりしたら、用心深い田中でも、油断しただろう。

田中は、昨日の夜、日下刑事に向って、「事件について、心当りがある」といって、捜査本部を出て行った。

そして、田中は、誰かに会い、その誰かに殺されてしまった。

田中の心当りが、当っていたということだろうか？

白石秋子を殺した犯人にぶつかった。だから、殺されたのではないのか？

普通に考えれば、そうなる。田中は、犯人を見つけたのだ。

(しかし——)

と、井本は、首をかしげた。

もし、田中が、白石秋子殺しの犯人を見つけ出したのなら、何故、捜査本部に連絡して来なかったのだろうという疑問が残る。

手柄をひとり占めにしようとして、犯人を、ひとりで連れて来るつもりで、連絡して来なかったのか。しかし、それなら、犯人に、至近距離から射たれるような油断をする筈がない。

(わからない)

井本は、首を振った。

だが、同僚の田中刑事が、三発も弾丸をくらった上、多摩川に投げ込まれていたことだけは、厳然たる事実なのだ。

8

翌日の午後になって、日下刑事が、眼を輝かせて、捜査から戻って来た。

「わかりましたよ。井本さん」

と、息をはずませていった。

「あのカフスボタンの持ち主がわかったのか？」

「持ち主は、まだわかりませんが、売った店はわかりました。銀座の精華堂という店です。タイピンと一揃いで、なんと、八十万円の品物だそうです。タイピンと、カフスボタンだけで、八十万円ですよ」

「高いな」

と、井本は、笑ってから、

「それで、どのくらい売れたんだ？」

「三組です。幸い、買った三人とも、この店のお得意で、店主が名前を覚えていました。これが、その三人です」

日下が、メモを差し出した。

土屋圭介（三十七歳）　TVタレント
阿部治郎（五十四歳）　外交官
武田文雄（四十五歳）　政治評論家

どの名前も、井本は、よく知っていた。

土屋は、週三本のレギュラー番組に出ている売れっ子タレントだし、阿部は、次期アメリカ大使を噂されている男だ。しかも、阿部の兄は、日本で一、二を争うデパートの社長だ。

武田は、アメリカの二つの大学を卒業し、最近、テレビでも専門の講座を持っている売れっ子の政治評論家である。

「よし。この三人に会ってみようじゃないか」

と、井本がいった。

「二人にしか会えませんよ」

と日下がいう。

「なぜだい？」

「武田文雄は、今、取材で中東を回っているそうです」

「そいつは助かるね」

井本は、日下を促して、捜査本部を出た。

「残りの二人のどちらかが、田中刑事を殺したとお考えですか？」

車に向って歩きながら、日下がきいた。

「多分な。幸運なら、そいつは、白石秋子殺しにもつながっているかも知れん」

「田中さんが、犯人を見つけたので、犯人に射たれたということですか？」

「さあ。それはわからんね」

と、井本は、堅い声でいった。もし、そうだとすると、田中は、不覚をとったことになる。

まず、テレビ局に行き、土屋圭介に会った。

徹夜のビデオ撮りがあったとかで、土屋は、眠そうな顔をしていた。テレビで見るよりも、小柄で、色の黒い男だった。

井本が、問題のカフスボタンを、土屋に見せた。

「このカフスボタンに見覚えは？」

「ありますよ」

と、土屋は、突っけんどんにいった。

「今、どこにあります？」

「気に入ってるものだから、普段使っていますよ」

土屋は、上衣の袖口をまくって見せた。

ワイシャツの両袖に、同じカフスボタンが光っていた。

「これがどうかしたの？」

土屋が、とがった眼で、井本を見た。

「あなたが落としたんじゃないかと思いましてね」

「僕は、大事にしているものは、めったに落としゃしませんよ」

「そうらしいですな」

と、井本は、笑った。

二人は、テレビ局を出た。

「第一打席は、カラ振りでしたね」

と、日下がいう。

「次は、ヒットを打ちたいよ」

と、井本がいった。

二人目の阿部治郎は、昨日から、箱根の別荘にいるとかで、井本たちも、箱根へ、車を飛ばした。

宏荘な別荘に着いた時は、夕方になっていた。

家族と食事をしていた阿部に、二人は、しばらく、応接間で待たされた。

二十分近く待たされてから、やっと、和服姿の阿部が現われた。

各国大使を歴任して来たというだけに、長身、白髪で、洗練された初老の男だった。

「どうもお待たせした」と、阿部はいった。

「食事をゆっくり楽しむくせがついているものだからね」

「待つのは、なれています」

と、井本はいった。

「それで、用件は何かな？」

「このカフスボタンをお落しじゃありませんか？」

井本が差し出したものを、阿部は、受け取って眺めていたが、

「何故、この私が落したと？」

「銀座の精華堂という店で、あなたにお売りしたものだといわれましたものですから

ね」

「その店ならよく知っている。ただ、私は、同じようなカフスボタンを沢山持っているのでね」

「一応、調べて頂けませんか」

「いいだろう。ちょっと待っていたまえ」

阿部は、立ち上り、奥へ入って行ったが、すぐ戻って来た。

「それは、私が落したものじゃないね。私のは、二つともあったよ」

「見せて頂けますか？」

「いいとも」

阿部は、表に革を張った箱を、井本の前に置いた。

ふたを開けてみる。タイピンとの三つ揃いが、きちんと、箱に納っていた。

「どうだね？」

「わかりました。ありがとうございます」

「いいスコッチがあるんだが、飲んでいかんかね？」

「いいえ。仕事がありますので」

と、井本はいった。

別荘の外へ出ると、箱根の山々は、すでに、深い夜の闇に包まれていた。

若い日下は、明らかに失望した顔で、

「二人がシロだとしますと、カフスボタンの主は、中東旅行中の武田文雄ということになるんでしょうか？」

「――――」

井本は、返事をせずに、車のところまで歩いて行ったが、車のドアを開けてから、

「君は、このまま東京へ帰りたまえ」

と、日下にいった。

「井本さんは、一緒にお帰りにならないんですか？」

びっくりした顔で、日下がきいた。

「おれは、少しばかり、箱根の夜景を見て行きたいんだ」

「しかし、課長に、単独行動をつつしむようにいわれています」

「課長には、おれが話すよ」

「井本さんが残るのなら、私も、ここに残って、一緒に、箱根の夜景を楽しみたいと思いますが」

「駄目だ。君は帰れ」

井本は、日下の身体を運転席に押し込むと、ドアを荒っぽく閉めた。

日下は、仕方がないというように、ぺこりと頭を下げてから、アクセルを踏んだ。

車が、視界から消えるのを見送ってから、井本は、大きく深呼吸をし、煙草に火をつけた。

煙草をくわえたまま、ゆっくりと、阿部の別荘に向って歩いて行き、もう一度、ベルを鳴らした。

和服を着た阿部は、眉をひそめて、

「何か忘れものかね？」

と、きいた。

「外へ出て頂けませんか」

井本は、堅い声でいった。

「なぜ？」

「どうしても、お話ししなければならないことがありまして」

「どんな話だね？」

「それは、外へ出て頂いてからお話しします。ご家族が、いらっしゃるところでは、お話しできないことなので――」

「いいだろう。待っていたまえ」

阿部も、堅い声を出した。

井本は、外で待った。ひどく寒い。彼の吐く息が、夜の中で、白くなった。

数分して、阿部が、外へ出て来た。彼は、パイプをくわえていた。

「何の用だね？」

と、阿部がきいた。

「なぜ、田中刑事を殺したんですか？」

と、井本がきき返した。

9

暗いので、阿部の表情の変化はわからなかった。ただ、

「何のことかわからんね」

といった言葉が、かすかにふるえていた。

「よくおわかりの筈ですよ。田中刑事は、手に、あのカフスボタンを持って殺されていた。明らかに、犯人のものです」

「しかし、私のものは、ちゃんとケースに入っていた筈だ。君も見たろうが」

「見ました。しかし、あれはニセモノですよ。多分、あなたが、昨日の中に、あわてて作らせたものでしょう。角《かど》に、小さなギザギザが残っていましたよ」

「――――」

「どうしてもというのなら、精華堂の主人を呼んで来て、鑑定させましょうか」

「君は、何がいいたいんだ？」

「あなたは、白石秋子を殺した」

「そんな女は知らんよ」

「彼女の寝室には、何故か、オーストラリア西部に棲む蟬が一匹転っていました。しかも生きていたんです。彼女は、最近外国旅行をしていませんから、犯人が持ち込んだものに違いありません。彼女には、昆虫好きの子供がいますから、犯人は、その子への土産のつもりだったんでしょう。恐らく、その子の父親です。ところが、何かの理由で喧嘩になり、男は、彼女を殺してしまった。死体をどかし、証拠になる蟬を探したが見つからなかった。蟬は、ベッドの下にはいり込んでいたんです」

「そんな蟬と、私と、どんな関係があるんだね？」

「その蟬が、生きていたことが重大なのです。外国から、生きた蟬を許可なく持ち込むことはできないのです。だから、犯人は、普通人ではない。ところが、外交官なら、外交官特権で、荷物はチェックを受けない。珍しい蝉を、外国から、生きたまま、持ち込めるというわけです。ところで、あなたは、三日前に、オーストラリアの会議に出席して帰国されたんじゃなかったですか？」

「私が、その犯人だというのかね？」

「いえ。それだけじゃありません。あなたは、私の同僚の田中刑事も殺している」

「バカな。私は、そんな女も、刑事も知らん」

「そうでしょうか。女の部屋には、男の名前ばかり書いたアドレスブックがありましてね」

「それに、私の名前が出ていたとでもいうのかね？」

「いえ」

「じゃあ、何を証拠に、私が犯人だというんだね？」

「そのアドレスブックは、一枚だけ、引きちぎられていましてね。私は、犯人が破いたと思ったのだが、そうではなかった。私の同僚の田中刑事が、功を焦って、自分のポケットに入れたのです。彼は、私と同じように、外交官のあなたを疑った。そして、あなたに会い、逮捕しようとした。あなたは、彼を射って、多摩川に投げ込んだ。違いますか？」

「証拠があるのかね？」

「カフスボタンの鑑定、アリバイ調査、やってみますか？」

すぐには、返事が返って来なかった。

急に、阿部が笑い出した。

闇の中で、井本の顔が嶮しくなった。

「笑えることでもあるんですか？」

「そうさ。大いに笑いたいね。君は、田中という同僚が好きなんだろう？」

「もう十年以上も、一緒に働いて来ましたからね」

「その同僚が、とんだくわせものだったら、どうするね？」

「何のことです？」

「いかにも、白石秋子を殺したのは、私だ。ところが、田中という刑事は、彼女の持っていたアドレスブックから、私の名前がのっているページを引きちぎっておいて、私をゆすりに来たんだ。私の兄が、デパートをやっているのを知っていて、金になると思ったんだろうな」

「それで？」

「私をゆすっているところは、ちゃんと、テープにとってある」

「テープにとってから殺したのか？」

「私も、百万円ぐらいまでなら払うつもりでいた。テープにとったのは、自分を守るためだ。金を取っておいてから、殺されたら合わんからね。ところが、あの男は、私に、五百万要求したんだ。五百万だよ君。しかも、それは一時金で、事件が迷宮入りしたときに、一千万円欲しいというのだ」

「――――」

「あの男は、欲ばり過ぎた。私は、彼に二百万を渡し、安心したところを射殺し、多摩川に投げ込んだ。自業自得というものだよ」

「やっぱり、あなたが殺したんだな」

「まあ、落ち着きたまえ」

阿部は、暗闇の中で、ニヤッと笑い、和服の袂から、小さなテープレコーダーを取り出した。

「いいかね。君。確かに、私は、殺人犯だ。今まで、二号で甘んじていたあの女が、急に、家内と離婚して、結婚してくれと迫って来たのだ。何人もの男とつき合っている女などと、私は一緒になれん。家内とも離婚はできん。だから止むなく殺してしまった。しかしな、君。私を逮捕したら、どうなると思うね。警視庁の刑事が、容疑者を脅して、大金をまきあげようとしたことが、明るみに出るんだよ。警察のスキャンダルが、バクロされるんだ。上層部も、責任をとることになるだろう」

「――――」

「それだけじゃない。今のままなら、あの刑事は、殉職ということで、家族も、退職金を貰えるだろう。殉職した刑事の妻ということで、同情が集まるだろう。だが、このテープが公になったら、どうなると思うね？　あの刑事は、殉職どころか、悪徳刑事が死んだだけのことになる。退職金も支払われんだろうし、マスコミも、書き立てる。遺族は、逃げかくれしなきゃならなくなるんだ。それでもいいのかね？」

阿部は、勝ち誇ったような声を出した。

井本の眼が、冷たくなった。

「だから、どうだというんだ？」

「え？」

阿部の声に、狼狽の調子が入った。

井本は、内ポケットから、拳銃を取り出して、銃口を阿部に向けた。

「おれが、田中のことを知らなかったとでも思うのか」

「何だと？」

「警察を甘く見るなよ。おれもだ」

「このテープが――」

阿部が、テープレコーダーを突き出した。

その阿部に向って、井本は、冷酷に引金をひいた。

鋭い銃声と同時に、閃光が闇を引き裂き、阿部が、悲鳴をあげて、引っくり返った。

井本は、倒れた阿部に向って、もう一発、射ち込んだ。

地面に落ちたテープレコーダーを拾いあげ、ポケットに押し込むと、井本は、蒼白い顔で、歩き出した。

電話で、止むなく犯人を射殺したことを報告するために。

成功報酬百万円

1

「面白い仕事があるんだが、やってみないか？」

バーで飲んでいる時に、田中が、ふと、そんな風に切り出してきた。

沢木は、煙草に火をつけかけていた手を止めて、

「金になるのか？」

と、きき返した。

やたらに、金が欲しかった。ふところには、一万二千円の金しかない。これが、全財産だった。

沢木は、半年前まで、大手の私立探偵社に勤めていたのだが、歩合制で、手取りの少ないのに嫌気がさして、独立したのである。彼が働いていた探偵社では、月給はなく、結婚調査を一件十万円で引き受けたとすれば、調査員である沢木の取り分は、二

割の二万円だった。

自分一人で独立してやれば、その十万円が、まるまる入ってくると考えたのだ。アメリカでは、私立探偵は免許制だが、日本では、誰でも、勝手に看板を出せば出来る。

だから、沢木は、自宅のマンションに、「沢木探偵社」の看板をかけたのだが、肝心の注文がさっぱりなのだ。

興信所や、私立探偵社というのは、信用が第一である。依頼者の立場になってみればよくわかる。

結婚調査でも、素行調査でも、相手に内緒で、調査を頼むのである。それなら、まず、第一に、信用のおける調査機関に頼むことを考えるだろう。

映画やテレビだと、ラーメン屋の二階なんかに、うす汚れた探偵社があって、そこに、名探偵がいて、とてつもない大きな調査を依頼されるのだが、実際には、そんなことはあり得ない。大事な調査であればあるほど、大きなビルを構える探偵社か、創業百何十年を誇る興信所に頼む筈である。

だから、開業したものの、沢木は、ほとんど仕事がなかった。今日までやって来られたのは、大手の探偵社を辞めたときの退職金があったからである。

その退職金も、なくなってしまった。

何よりも、金が欲しい。

田中は、沢木が、T探偵社で働いていた頃からの友人である。田中は、今でも、T探偵社に勤めていた。

「金にはなるんだ」

と、田中は、微笑した。

「そいつは、有難いね。いくらになるんだ？」

「十万円の仕事だが、成功報酬が、百万つく」

「百万か」

悪くない報酬である。

ただ、成功報酬のつく仕事というのは、難しいものが多い。二十年前に別れた妹を探してくれとか、離婚訴訟に有利になるような、相手方のスキャンダルを見つけ出してくれといった仕事が多い。

どの仕事も、時間がかかるし、もし、上手《うま》くいかなければ、成功報酬は、一円も支払われない。

「どんな仕事なんだ？」

と、沢木は、改めて、きいてみた。いつもは、明けっ広げな性格の田中が、この時に限って、

「それは、君が引き受けると約束してくれないと話せないんだよ」

と、慎重ないい方をした。

「そんなに難しい仕事なのか?」

「いや、仕事そのものは簡単なんだが、依頼主が、特に、秘密裡に、調べてくれといっているもんだからね」

「おれにやらせてもいいというところをみると、会社の仕事じゃないんだな?」

「ああ、アルバイトの仕事さ」

と、田中は、ニヤッとした。

歩合だけでは、大した収入にならない大会社の調査員は、会社に内緒で、仕事を見つけてくる。会社の名前を使うから、仕事は見つけ易い。

T探偵社では、たいていの社員が、このアルバイトを、多かれ少なかれやっていた。もちろん、会社側に見つかれば、即刻、クビだが、依頼主から支払われる金が、全額、ふところに入るのだから、やめられなかった。

沢木にも、もちろん、経験がある。大した収入にはならなかったが。

「それなら、なぜ、君が自分でやらないんだ？」

と、沢木は、田中にきいた。

「やるつもりで引き受けたんだがね。仙台のおふくろが病気でね。明日から、帰ってやらなきゃならないんだ。何しろ、おれは、これでも長男だし、家内の奴にも、この際、おふくろに会わせておきたいんだ。おふくろには内緒で、結婚しちまったもんだからね」

田中は、肩をすくめるようにした。

「それなら、おれがやらして貰うよ」

と、沢木がいった。

「ありがたい。君なら、信頼できるから、安心だ」

「面白い仕事だといったね？」

「見方によってはということさ。簡単な仕事なんだが、依頼主が、特別、秘密を守ってくれるかどうかを気にしていてね。それに、失敗はしないで欲しいともいっている」

「何をすればいいんだ？」

「二日後の十六日から一週間、一人の女性を尾行して欲しい」

「尾行？　素行調査か？」

「まあ、そう考えてもいい。とにかく、その女性の一日の行動を知りたいというのが、依頼主の希望なんだ。出来れば、相手に知られずに、写真も撮って欲しいといっている。望遠レンズつきのカメラを持っているかい？」

「ああ、百五十ミリを持っているよ」

「それなら安心だ。相手は、大会社のＯＬだから、特別の行動はとるまいから、尾行は楽だと思うね」

「ただ、おれは、Ｔ探偵社にいた頃から、尾行は、下手だからね」

「今もいったように、平凡なＯＬだから大丈夫さ」

田中は、ポケットから、分厚い封筒を取り出し、それを沢木の前に置いて、

「とりあえず必要な経費と、彼女の写真、それに、簡単な経歴を書いたものが入っている」

と、いった。

沢木は、中身をあらためた。

まず、手の切れるような一万円札が十枚出て来た。

次は、若い女性の写真。

「美人だねえ」

と、沢木は、思わず、嘆声をあげた。恐らく、この女なら、群衆の中でも、目立つことだろう。

田中は、ニヤッと笑って、

「だから、楽しい仕事といったろう」

2

三つ目は、簡単なメモだった。

〈君原久美子。

二十八歳。独身。身長一六五センチ。五六キロ。

現在、N鉄鋼本社（東京駅丸の内側）の社長秘書。

住所、東京都新宿区左門町　コーポ左門　三〇六号。

会社への通勤には地下鉄を利用し、自家用車として、白のポルシェを所有〉

「なかなか、優雅な生活を送っているようだね」

と、沢木はいった。東京の中心のマンションに住み、ポルシェを乗り廻す生活は、沢木の憧れたものだった。その生活を、彼より七歳年下の女性が楽しんでいるのだ。

「ところで、今度は、依頼主の条件だが」

と、田中は、生まじめな表情になって、

「毎日、報告書と写真を送ってくれというのが、第一の条件だ」

「毎日か」

「写真の現像は出来た筈だよな？」

「ああ、カメラが、おれの唯一の趣味だからね。毎日というと、報告書をタイプする時間がないな」

「それは構わないよ」

「どこへ送ればいいんだ？」

「代々木郵便局の私書箱五六号　青木宛にしてくれ」

「青木というのは、本名じゃないんだろうね？」

「多分ね。速達にしてくれれば、翌日つく」

「わかった。他の条件は？」

「尾行の時間は、朝出勤する時から、夜十時までやって欲しい」

「夜の十時？」

「ああ。帰宅してから、また外出するかどうか知りたいんだろう」

「なるほどね」

「第三は、依頼主のことを調べないこと。一週間たったら、百万円が、君宛に送られる筈だ。それから、メモは、すぐ焼いてくれ」

「わかった。君は、依頼主の名前を、知っているのかい？」

沢木がきくと、田中は、笑って、

「さあ、どうかな」

と、いっただけだった。

沢木は、豊かな気持になって、自宅マンションに帰った。ともかく、ふところに、十万円の現金が入ったのだし、仕事にありついたからである。

ベッドに横になると、女の写真を眺めた。

美人だなと、改めて、思った。どこか冷たい感じがしないでもないが、そこが、また、いいと思う。

二十八歳で独身というのは、何か理由があるのだろうか、と、そんなことまで考えてみた。

(社長の彼女かな?)

社長と、社長秘書の関係というのは、日本の場合は、よくあるケースだ。

マンションも、ポルシェも、社長のプレゼントではあるまいか。

N鉄鋼といえば、大会社だし、社長一族が会社を支配している。その社長なら、マンションや車ぐらい、簡単に買ってやれるだろう。

(依頼主というのは、社長かも知れないな)

と、沢木は、思った。

社長は、若くて美人の秘書といい仲になった。

しかし、若い恋人が、他に男を作っているのではないかと心配で仕方がない。そこで、一週間、尾行させてみることにしたのではないだろうか?

そう考えたとたん、沢木は、気が楽になった。

3

一日おいて、十六日の朝早く、沢木は、カメラをぶら下げて、家を出た。

百五十ミリの望遠レンズは、コートのポケットに突っ込んである。

コーポ左門は、すぐわかった。真新しく、十一階建の堂々たるマンションだったからだった。

沢木は、入口近くの物かげに身体をひそませて、君原久美子の出て来るのを待った。

午前八時丁度に、久美子が、颯爽と姿を見せた。

長身でスタイルがいいから、やたら目立った。

(これなら、尾行も楽だな)

と、思った。

一六五センチの身長の上に、ハイヒールをはいているから、地下鉄四谷三丁目の駅に入っても、見失うことがなかった。

ラッシュアワーで、ホームには、他にも、若いＯＬが沢山いたが、彼女ほどの美人は、見当らない。同じホームで、電車を待ちながら、ちらちらと、彼女のほうを盗み見ているサラリーマンも、何人かいた。

沢木は、ラッシュアワーの取材のようなふりをして、地下鉄を待つ久美子の横顔を、何枚か盗み撮りした。

同じ電車で、東京まで行く。

よく、同じ電車で、恋人同士が出勤するということがあるものだが、久美子は、そんな気配はなかった。

N鉄鋼本社は、皇居のお濠の近くにある。

彼女が、その中に入ってしまうと、沢木は、十二時まで、八重洲口で、パチンコをやったり、喫茶店でコーヒーを飲んだりして、時間を潰した。

十二時に、もう一度、N鉄鋼本社の前へ出かけた。

昼休みになると、天気がいいせいか、サラリーマンや、OLたちが、ビルから、ぞろぞろ出て来る。

久美子も、同僚らしいOL二人と、三人づれで出て来た。

何か、楽しそうに話しながら、皇居前の方へ歩いて行く。沢木は、尾行しながら、カメラのレンズを望遠に取りかえた。

久美子たちは、ベンチに腰を下した。

若いサラリーマンが、数人、彼女たちの前で、キャッチ・ボールをしている。彼等が、明らかに、久美子の視線を意識しているのが、離れた所にいる沢木にも、はっきりわかって、おかしかった。

沢木は、望遠レンズで、彼女の写真を五、六枚とった。

次は、退社後の行動である。

五時に会社が終り、五時三十分に、久美子は、出て来た。

昼休みに一緒にいたOLの一人と一緒だった。同じ年齢ぐらいに見える。

二人は、すぐには帰らず、銀座に出て、しゃれた造りの小さなバーに入った。

沢木も、続いて、その店に入り、カウンターに腰を下して、水割りを注文した。

久美子たちは、カクテルを飲んでいる。

彼女たちの他にも、若い女性客が何人かいた。

時々、久美子の笑い声が聞こえてくる。

一時間半ほど、その店にいたろうか。二人は、店を出ると、同僚の方は、国鉄に乗り、久美子は、地下鉄に乗った。

久美子が、自宅マンションに帰ったのは、午後七時四十分である。

午後十時まで、二時間以上ある。

夜になると、さすがに、寒くなってきた。

沢木は、彼女の部屋の三〇六号室の窓が見えるところに、公衆電話ボックスがあるのを知って、その中で、寒い風をさけることにした。

午後十時まで、彼女は、どこにも外出しなかった。

4

沢木は、自宅に帰ると、さすがに、疲れを感じた。が、まだ、寝るわけにはいかなかった。

まず、今日撮った写真の現像と、引き伸しである。

田中には、趣味でといったが、写真は、私立探偵として必要なことでもあった。T私立探偵社という大きな組織に入っているときは、仕事で撮った写真は、会社が、現像、引き伸しをしてくれるが、独立したら、そうはいかない。

秘密の写真を撮ったときは、街のＤＰ屋には頼めないので、自分でやらなければならないからである。

押入れを改造した暗室で、一仕事すませると、次は、報告書の番だった。

〈十六日の君原久美子の行動について、次の通り報告致します〉

と、沢木は、書き出した。

時間を追って、書いて行く。

便箋にして八枚の報告書を書き了えたのは、十二時を過ぎていた。

引き伸しのすんだ写真と一緒に、「沢木探偵社」のネームの入った封筒に入れた。

「代々木郵便局私書箱五六号、青木様」と宛名を書いた。

翌十七日。

前日と同じように、久美子を、コーポ左門から、丸の内の会社まで尾行したあと、報告書と写真を、東京駅横の中央郵便局から、速達で出した。

この日、久美子は、退社後、どこにも寄らず、まっすぐ、マンションに帰った。

沢木は、午後十時まで、三〇六号室を監視したのち、自宅に帰った。そのあと、また、報告書を書き、写真を現像し、引き伸した。

単調だが、楽な仕事でもあった。これなら、百万円の成功報酬は、貰えそうである。

四日目の十九日のことだった。

午後十時までの監視を終って帰宅すると、沢木は、郵便受から、その日に着いた郵便物を持って、部屋に入った。

碌《ろく》な郵便物はない。

恋人のいない沢木だから、ラブ・レターの類は、もちろん、入っていない。ダイレクト・メールや、電気代、ガス代の請求書ばかりである。

その中に、ハガキ大の白い封筒が混っていた。

「沢木功様」と書かれた文字は、明らかに、女性のタッチだった。

裏を返すと、住所の記載はなく、ただ、「青木恵子」と、名前だけ書いてあった。

(青木恵子)

記憶にない名前だった。しかし、青木というのは、彼が、毎日、報告書と写真を送りつけている私書箱五六号の持主の名前である。

(その青木だろうか?)

中身を見ればわかるだろうと思い、沢木は封を切ってみた。

中から出て来たのは、十枚の白黒写真だった。

「何だ?　こりゃあ」

と、思わず、声に出したのは、どれも、大胆なポーズのヌード写真だったからである。

わけがわからなかった。

しかし、ヌード写真では、怒る気になれず、首をかしげながら、それを、机の引出しに放り込んだ。

顔を洗ってから、沢木は、また、同じように、君原久美子に関する報告書を作り、写真を現像、引き伸した。

5

六日目も、無事に終った。

報告書を作りながら、沢木は、あと一日だなと思った。

やっと終ったと思う一方で、美人の君原久美子と別れるのが惜しいような気もした。

六日間、毎日、彼女の尾行をしている中に、彼女に親しみを持ったといってよいかも知れない。もっと正直にいえば、好きになったのである。

六日間、一言も、口をきいたわけではないが、いろいろと、彼女のくせもわかった。出勤の電車では、どの辺にいるかということもわかったし、意外に甲高い声をしていることもわかった。

かなり、酒が強いこと、ときどき煙草を吸うこと。そのときは、外国煙草のラークしか吸わないことなどもである。

そんなことを思い返しながら、押入れにもぐり込んで、六日目の写真の現像に取りかかったとき、突然、呼鈴が鳴った。

すでに、午前零時に近いし、おまけに、現像の最中である。

沢木は、舌打ちしたが、呼鈴は、何回も鳴る。その中に、激しく、ドアがノックされた。

沢木は、仕方なく、作業を中止して、玄関へ、足を運んだ。

ドアを閉めたまま、「誰だい？　こんな時間に」と、怒鳴った。

「誰なんだ？」

「警察だ」

と、外の声がいった。

沢木は、警察という言葉に、びっくりするより、腹が立った。昔から、警察は嫌いだった。

「警察が、何の用だ？」

「早くドアを開けたまえ！」

今度は、外の声が怒鳴った。この勢いでは、ドアを蹴破りかねない。

仕方なく、沢木は、ドアを開けた。

二人の男が立っていた。その片方が、黒い警察手帳を、沢木の鼻先に突きつけた。

「沢木功だね？」

「だから、何だというんだ？」

「君原久美子という女性を知っているな？」

「知っていたら？」

「一緒に警察へ来て貰う」

「なぜ？」

「来ればいいんだ」

と、片方が、怒鳴るのを、もう一人が、「まあ、まあ」と、抑えるようにして、

「彼女が、今夜、殺されたんだ」

と、いった。

とっさに、沢木は、相手のいった言葉の意味が、呑み込めなかった。殺されたといったのに、その言葉の意味が、ぴんと来なかったといったらいいかも知れない。

「君原久美子が、殺されたんだよ」

と、刑事が、もう一度、くり返した。

「本当か？」

「本当だ」

やっと、沢木も、彼女が殺されたらしいと思えて来た。こんな深夜に、刑事が二人も訪ねて来て、まさか、悪い冗談はいわないだろう。

しかし、それでも、沢木は、警察が、参考人として、彼の証言を聞きに来たのだろうと思った。誰からか、沢木が、毎日尾行していたのを聞いたに違いない。それで、ひょっとして犯人を見ていないかと考えたのではないだろうか？

「あいにくだが、おれは、犯人を見ていないよ」

と、沢木がいうと、刑事の一人が、ニヤッと笑った。

「犯人は、お前さんだよ。逮捕状も、とってあるんだ」

6

沢木は、有無をいわさず、警察へ連行された。

警察署では、中年の矢部という警部が、訊問に当った。沢木を連行した二人の刑事よりは、話がわかりそうな気がして、

「無茶苦茶ですよ」

と、沢木は、相手に文句をいった。

「君を殴ったりしたのかな？」

「そうじゃないけど、いきなり、犯人扱いは、ひどいじゃありませんか。犯人だという証拠でもあるんですか？」

「あるから、来て貰ったんだよ」

と、矢部は、柔和だが、自信に満ちた表情でいった。

「じゃあ、その証拠を見せて貰いたいもんですね」

沢木の言葉も、自然に、挑戦的になっていった。

警部は、メモを見ながら、

「ここ五、六日、被害者の君原久美子は、気味の悪い男に、一日中、つけ廻されて、気味が悪くて仕方がないと、同僚に訴えていた。朝、家を出るときから、出勤の電車の中、昼休み、それに、マンションに帰ってからも、その男が、つきまとって離れないといっていたらしい。同僚も、その男を見ている。それが、君だ」

「それはですね。私は、私立探偵です。ある人から頼まれて、彼女の尾行をしていたんです。朝、彼女が出勤する時から、夜の十時までということでね」

「その依頼主の名前は？」

「わからないんだ」

「わからないだって？　君は、相手が誰かもわからずに、仕事を引き受けるのかね？」

「間に、友人が入っているし、依頼主が、どうしても、秘密にしておきたいというので、無理にきかずに、仕事を始めたんですよ。しかし、今いったように、友人が、知っている筈です」

「その友人の名前は？」

「田中友彦です。今、仙台の実家へ帰っている筈です。母親が病気だといっていましたから。東京の住所は、確か、池袋の近くのマンションです。しかし、田中にきくまでもなく、私が、依頼主に頼まれて、君原久美子を毎日尾行していたことは、証明できますよ」

「ほう。どうやってだね？」

「毎日、報告書を書いて、代々木郵便局の私書箱五六号の青木宛に送っていたんです。そこに送るように、依頼主からいわれたからですよ。その私書箱の持主を調べて、きいて貰えればわかりますよ」

「それは、調べてみよう。ところで、この手紙は、君が書いたものだな？」

矢部警部は、二通の封書を、沢木の前に投げ出した。

「君原久美子様」と、宛名が書いてあるが、差出人の名前はない。

一通目の中身を出してみた。

〈おれは、君を東京駅への地下鉄の中で見て、いかれてしまった。君は、美人だ。それに、ふるいつきたくなるようないい身体をしている。どこもかしこも、おれの好みにぴったりだよ。ぜひ、つき合ってくれ。おれは、女を喜ばすことでは自信がある。おれに抱かれた女は、みんな、天国へ行ったみたいな気持といってるよ。君だって、おれに抱かれたら、天国行きを約束するよ。すぐ、返事をくれ。
世田谷区南烏山　南烏山マンション二〇六
沢木　功〉

二通目は、もっと露骨だった。

〈なぜ、返事をくれないんだ？　おれが、これほど好きなのが、わからないのか？

おれが、大会社のエリートや、金持ちの息子じゃないというんで、馬鹿にしているのか？

おれにだって、自尊心というものがある。つき合ってくれと頼んでいるのに、返事もくれないのなら、覚悟があるぞ。美人だと思って、いつも、ツンとすました顔をしているが、お前だって、男に抱かれりゃあ、よがり声をあげるんだろう？　二十八にもなって、もったいぶるな。

このまま、おれを避けようとしたら、一生、お前が、結婚できないようにしてやる。おれを甘く見るな。

沢木〉

「そして、君は、最後には、こんなものまで、彼女に送りつけたんだ」

矢部警部は、三通目の封書を、机の上に置いた。

中から出て来たのは、ヌード写真が二枚と、便箋が一枚だった。

白黒の君原久美子のヌード写真である。大きく両足を広げているポーズだが、よく見れば、彼女の顔と、他の女の身体とを合成したものだとわかった。

〈おれの女にならなければ、同封したような写真を、ばらまいてやるぞ〉

手紙には、そう書いてあった。

「これは、君が出したものだろう？」

矢部が、沢木を見すえて、きいた。

沢木は、顔を真っ赤にして、

「冗談じゃない。そんなものは出しませんよ」

「しかし、これは、君の字だよ。ここに、君の部屋から押収したものがある。君が、今のマンションを借りるときに、家主と交わした契約書の写しだ。ここに書いてある君の字と、全く同じじゃないか」

「確かに、字は似てますが、私が、書いたものじゃありませんよ」

「それなら、誰が書いたというのかね？」

「そんなことは、わかりませんよ。私は、五通も報告書を書いたんです。多分、その報告書の字をなぞったんです。だから、よく似てるんだ。とにかく、私が、報告書を送った私書箱の持主を調べて下さい。それに、友人の田中に聞いてくれれば、何もかも、はっきりするんだ」

7

その日、沢木は、留置場に泊められた。

翌日、訊問のために、留置場を出されたのは、昼を過ぎてからだった。

矢部警部は、沢木に煙草をすすめた。沢木は、それを、自分の無実がわかってくれたせいと甘く考えて、

「私書箱のことを調べてくれたんですね？」

「ああ、調べたよ」

「それなら、私が、彼女のことを、仕事で調べていたことをわかってくれましたね？」

「ところが、事態は、君にとって、一層、不利になってきたよ」

「そんな馬鹿な。私書箱の主がわからなかったんですか？」

「いや。わかったさ。ところで、この週刊誌は、君の部屋にあったものだ」

矢部は、『週刊S』を、沢木に見せた。

「それがどうかしたんですか？　週刊誌を見たら、罪になるんですか？」

沢木は、突っかかっていった。

矢部は、黙って、『週刊S』の中ほどを開くと、その頁の下の方を指さした。

そこには、小さな広告がのっていた。


〈そのものズバリのヌード写真、一組十二枚五千円。

これまでのようなインチキ写真ではありません。花のOLが、全てを見せて、あなたに、ほほえみかけています。

代々木郵便局私書箱五六号
青木　恵子〉

沢木は、頭を、がぁーんと殴られたような気がした。だが、いったい、どうなっているのか、よくわからない。

「中年の夫婦が、卸元から、ヌード写真や、大人のオモチャを買って来て、通信販売しているんだよ」

と、矢部がいった。

「――――」

「そこに、注文者の名前を書いたノートがあって、君の名前も載っていたよ」

「そんな注文をした覚えはありませんよ」

「そうかねえ。念のために、君の部屋で、机の引出しを調べたところ、これが出て来たよ」

と、矢部は、ヌード写真の入った封筒を、週刊誌の横に並べた。

沢木は、首を振って、

「それは、勝手に送りつけて来たんだ」

「五千円で売れるものを、わざわざ、タダで送ってくるかねえ」

「しかし、勝手に送って来たんです。私は、多分、宣伝に送って来たんだろうと思って、机の引出しに放り込んでおいたんです」

「そうは思えないね。この封筒には、十枚しか入っていない」

「それが、どうかしたんですか？」

「一組十二枚五千円と書いてあるじゃないか。すると、あとの二枚は、どこへ行ったのか？」

「そんなこと知りませんよ」

「そうかね。君は、君原久美子への嫌がらせに、彼女の顔の部分と、他の女のヌードとを合成して写真を二枚作り、送りつけた。その写真のポーズが、失くなった二枚のものと同じなんだ。つまり、君は、通信販売で、十二枚のヌード写真を買い求め、その中の二枚を使って、君原久美子に嫌がらせをしたのさ」

「違いますよ。違うんだ」

と、叫んでから、沢木は、

「友人の田中に会ってみて下さい。そうすれば、私が、成功報酬百万円の約束で、君原久美子の尾行を引き受けたことを証明してくれますよ」

「会って来たよ」

「それなら――」

「田中友彦は、確かに、T探偵社で君と一緒に働いたことがあるといっていたよ」

「そうでしょう」

「ところが、田中は、ここ二年ばかり、君とは会っていないといっているよ。それにだ。田中の両親は、二年前に死んでいるから、母親が病気で仙台へ帰るなんてことはあり得ないんだ」

「しかし、田中が、成功報酬百万円の話を、持って来たんです。私は、金が欲しくて、飛びついたんです」

「田中は、こうもいっていたよ。ＯＬを尾行するだけで、百万円もの成功報酬を払ってくれる仕事なんかある筈がない。私立探偵なら、そのくらいのことは、わかっている筈だとね」

「――――」

沢木は、やっと、自分が、罠にはめられたのを知った。

8

矢部は、捜査一課長に呼ばれた。

「沢木功は、まだ、クロと断定できんのかね？」

と、きかれて、矢部は、この男には珍しく、当惑した顔になった。

「証拠は、揃っています。沢木は、君原久美子に対して、嫌がらせの電話もかけていますす」

「嫌がらせの電話？」

「彼女は、死ぬ前、友人に、無言の電話がやたらと、かかってくるといっていました。会社から、自宅マンションに帰ったのを見すかすように、電話が鳴り、彼女が出ると、相手は切ってしまうというのです」

「それが、沢木だという証拠はあるのかね？」

「彼女の部屋がよく見える公衆電話ボックスに、夜、沢木が入っていたのを、近くの人が目撃しています」

「沢木は、何といっているんだ？」

「例によって、依頼主から頼まれて、公衆電話ボックスの中で、彼女の部屋を監視していたのだといっています」

「彼女が殺されたのは、二十一日の午後八時から九時の間だったね？」

「そうです。鈍器で、めった打ちにされて殺されたわけですが、沢木のアリバイはありません。当人は、人に見られないように、物かげにかくれて、彼女の部屋を見張っていたといっていますが」

「ひと目惚れした沢木が、相手に冷たくされて、かっとして殺したということになるわけだね？」

「その通りです」

「だが、あまり楽しそうじゃないね。どうしたんだ？」

「どうも、上手《うま》く出来すぎているのが、気になるんです」

「どういう意味だね？　よくわからんが」

「私にも、上手く説明できないんですが、沢木が、犯人だとすると、彼が、まるで、デク人形のように見えるのです。ヌード写真を買った相手を、依頼主だといったり、すぐ、合成写真とわかる写真で脅迫したりです。沢木は、三十五歳で、決して、馬鹿じゃありません。嘘をつくなら、もっと、まともな嘘をつくと思ったりするのです」

「というと、君は、沢木はシロだと思うのかね？」

「いえ、そうはいいません。状況は、全く彼に不利です。ただ、私としては、もう一度だけ、この事件を調べ直してみたいのです。あまりにも簡単に、犯人として沢木が浮び上り、証拠が、どんどん出てくるものですから、かえって、不安になって来たわけです。もし、何者かが、演出したのなら、警察が、それにのせられていることになりますから」

「単なる杞憂《きゆう》じゃないのかね？」

「それならいいんですが——」

「よし。もう一度だけ、調べ直してみたまえ」

と、捜査一課長は、いってくれた。

矢部は、部屋に戻ると、部下の刑事たちを集めた。

「沢木が、犯人でないとすると、この事件は、どういうことになるか。それを検討してみて貰いたいんだ。期限は、今日一日だ」

「ということは、沢木の証言が、全て正しいと考えてみるわけですか？」

ベテランの吉田刑事が、強調するようにきいた。

「そうなるね」

「とすると、友人の田中と、通信販売の夫婦が、嘘をついていることになりますね」

「それに、沢木が、何者かに頼まれて、君原久美子の尾行をしていたことにもなりますね」

と、若い西本刑事が、付け加えた。

「問題は、その依頼主が、誰かということになる」

矢部は、黒板に、「依頼主」と書いた。

「それは、君原久美子が死んで、一番トクをする人間でしょう。沢木功の犯行と見せかけて、彼女を殺したことになりますから」

吉田が、いった。

「N鉄鋼の社長は、どうだね？　彼女の周囲の男性は、全部、調べたんだろう？」

「被害者の君原久美子は、二十八歳でまだ独身ということから、社長の石野貢太郎と関係があるのではないかと思ったんですが、彼はすでに七十六歳で、来年にも引退が噂されています」

「すると、他の誰かということになるのか？」

「N鉄鋼の総務部長は、社長の娘婿《むこ》で、名前は、石野典夫。まだ四十八歳の若さですが、やり手で評判です。現社長が引退したあとは、この男か、貢太郎の長男で、営業部長をやっている五十二歳の健一郎かが、そのあとを継ぐことになるだろうといわれています」

「それで？」

「その石野典夫と、君原久美子の間に噂があったというのです。石野典夫というのは、女性には、手が早いという評判ですから」

「娘婿が、女を作ったとなると、父親の怒りは、激しいだろうね」

「次期社長が、誰になるかといわれている時に、典夫にしてみれば、大変まずいことだと思いますね。N鉄鋼は、同族会社です。もし、君原久美子との浮気がばれて、離婚ということにでもなったら、典夫は、恐らく、会社からも放り出されてしまうでしょう」

「つまり、石野典夫には、君原久美子を殺す動機があったということだな？」

「そうです。それも、現社長の引退が迫っているので、至急、処分する必要があったと思います」

「それで、田中友彦と、通信販売の青木夫婦を買収して、沢木功という犠牲《いけにえ》を作り上げたということか」

「そうか、或は、沢木が犯人かです。警部は、なぜ、もう一度、この事件を調べ直されるんですか？」

「これは、殺人事件だ。沢木功は、殺人罪に問われている。だから、彼を起訴するにしても、納得してからにしたいだけだよ。幸い、次の事件は、まだ起きていないからね。まず、被害者と、石野典夫との関係だ。本当に関係があったかどうかを調べてくれ」

「それから、石野典夫と、田中友彦、それに青木夫婦の関係ですね？」

「そうだ。つながりは、恐らく、金だろうから、その点を頼む」

9

捜査本部の刑事たちは、また動き出した。

今度は、沢木功の無実を証明するために動くことになるわけだから、刑事たちの中には、戸惑いを感じている者もいたようだった。

それでも、少しずつ、矢部の手元に、必要な情報が集ってきた。

N鉄鋼総務部長の石野典夫は、妻に内緒で、赤坂に、1LDKのマンションをもっており、そのマンションに、君原久美子らしい女性が、時々、出入りしていたこと。

N鉄鋼では、新入社員の身上調査を、T探偵社に依頼しており、その責任者が、総務部長の典夫だった。従って、典夫と、田中友彦とは、面識があったこと。

田中友彦は、きまじめな男だが、マージャン好きで、職場の同僚との間に、マージャンの借りが、五十万円近く出来ていたこと。

石野典夫と、通信販売の青木夫婦とは、直接面識はないが、田中と、青木恵子とは、遠い親戚関係にあること。

「君原久美子が持っていたポルシェですが、これも石野典夫が、買い与えたものでした」

と、刑事の一人が、報告した。

問題のポルシェを扱った自動車会社にきいたところ、支払いは、石野典夫の名前でされたというのである。

「ある時期、石野典夫が、君原久美子にのめり込んでいたことは、確かだと思います」

「彼女の方は、どうだったんだろう？」

「彼女は、すでに二十八歳ですし、社長秘書をやっていたら、普通のサラリーマンでは、相手にならんでしょう。総務部長の石野典夫に、惚れたとしても、無理はないと思いますね」

「それが、石野典夫にとって、最近は、重荷になっていたってことかな？」

「そうだと思います。というのは、最近、石野典夫は、赤坂のマンションを処分しようとしていたようですし、銀座のホステスで、彼といい仲だといわれている女が、別れ話を持ち出され、二百万円貰ったそうです」

「次期社長を狙って、身辺整理を始めていたわけだね」

「そう考えられないこともありません」

「もし、そうなら、当然、君原久美子に対しても、今までのことを清算しようと申し出ただろう。ところが、彼女の方は、承知しなかった。そうなると、いつ、二人のことを社長に告げ口されるかわからない。そうなれば、全てが駄目になってしまう。そこで、顔見知りの田中友彦に頼んで、沢木功という犠牲を見つけ出した」

「可能性は、大いにありますが、全て、状況証拠ばかりです。沢木が犯人であることの証明の方が簡単ですよ。可能性も高いと思いますね」

「石野典夫のアリバイは、調べてみたかい？」

「彼は、あの日、午後八時近くまで仕事をしていたといっています。それは、守衛が確認しています」

「君原久美子が、自宅マンションで殺されたのは、八時から九時の間だ。N鉄鋼の本社がある東京丸の内から、彼女のマンションのある新宿左門町まで、車なら十五、六分しかかからんよ。八時少し前に会社を出ても、十分、犯行は、可能だった筈だ」

「その点ですが、石野典夫は、会社を出たあと、皇居のお濠ばたを、考えごとをしながら、一時間ばかり、歩いていたといっています」

「ひとりでかい？」

「そうです」

「あの日は、かなり寒かったと思うんだが」

「私も、それをいったんですが、彼は、寒くても、考えごとはするよと、笑っていましたよ」

と、吉田刑事も、笑った。

石野典夫には、はっきりしたアリバイはないのだ。

だが、だからといって、彼を犯人とは断定できなかった。

「これから、石野典夫に会ってくる」

と、矢部は、立ち上った。

時間がなかった。沢木が有罪だという証拠は、揃いすぎるほど揃っている。それなのに、明日になっても、まだ、彼を起訴するのをためらっていたら、捜査一課長が、怒り出すだろう。

10

N鉄鋼本社ビルに着くと、矢部は、まっすぐに、三階にある総務部長室に向った。

わざと、ノックもせずに、ドアを開けた。

とたんに、机の向う側にいた石野典夫が、

「誰だ！」

と、大声をあげた。

部屋には、彼の他に、男が一人いたが、その男が、あわてて、腰を上げて、出て行こうとする。

「あなたも、一緒に話を聞いて貰いたいですね。田中さん」

と、矢部は、その男、田中友彦に声をかけた。

田中は、仕方なささうに、また、椅子に腰を下した。

「いくら、警察だって、受付を通してくれないと困りますね」

石野典夫が、眉をひそめて、文句をいった。長身で、なかなかの美男子である。切れ長の眼が、いかにも、頭の切れる印象を与える。

「受付がどこかわからなかったものですからね」

と、矢部は、笑ってから、

「T探偵社の田中さんが、なぜ、ここにいるんです？」

「うちでは、いつも、新入社員の身上調査を、T探偵社に頼んでいるので、その打合せに来て貰っただけですよ」

「しかし、新入社員が入ってくるのは、来年のことでしょう？」

「来年のことを相談しても、別に悪いことはないでしょう？」

と、石野は、切り返してきた。

田中は、完全に落着きを失って、もじもじしている。

矢部は、その田中に、強い視線を向けて、

「沢木功は、今でも、あなたに欺されたといっていますよ。百万円の成功報酬につられたと――」

「冗談じゃありませんよ」

と、田中は、顔を赫くして、

「前にもいった通り、僕は、ここ二年間、沢木に会っていないんですよ。第一、平凡なOLを一週間、尾行するだけで、成功報酬を百万も払う人間がどこにいます？　常識で考えたって馬鹿げている。それだけだって、沢木のいっていることが、でたらめだと、わかる筈ですよ」

田中は、我慢しきれなくなったように、ぱッと、立ち上った。

とたんに、分厚い封筒が、床に落ちた。

「あッ」

「あッ」

と、田中と、石野典夫が、同時に声をあげた。

田中が、あわてて拾いあげるより先に、矢部が、素早く、その封筒をつまみあげてしまった。

中身は、一万円札の束だった。

思わず、矢部は、ニヤリとした。

「なるほど。これが、百万円の成功報酬か」

と、矢部は、二人の顔を見た。

「確かに、ＯＬ一人を尾行するのに、百万円の成功報酬は高すぎる。しかし、殺人犯人の身代りを作ることの成功報酬だとしたら、高くはないいんじゃないかな」

マルチ商法

「あなたが奥さんを憎んでいることは、よく承知しておりますよ」

と、その男は、井上の顔を、のぞき込むように見た。

井上は、自分の気持を見すかされたような気がして、ぎょっとした。

三年前に、熱烈な恋愛の末に一緒になったのだが、今では、仇同士《かたき》のように、憎み合っている。それなら、離婚すればいいと思うかも知れないが、問題は、金だった。

井上は、亡くなった父から二億円の遺産を、引き継いでいた。妻のゆかりは、別れるなら、半分は寄越《よこ》せというが、井上は、一円だってやりたくないのだ。それだけ、憎んでしまったということだろう。

井上が、どういっていいかわからずに、黙っていると、

「奥さんを、殺してしまいなさい」

と、男は、井上の耳もとで、ささやいた。

「え？」

「殺せば、何もかも、すっきりしますよ。その後は、素敵な未来が待っているんで

す」

「しかし、僕が家内を殺したら、すぐ、警察に眼をつけられて、捕まってしまうよ」

「動機がありますからね。しかし、あなたに鉄壁のアリバイがあったら、どうですか？」

「アリバイ？」

「そうです。それを提供するのが、われわれの仕事です」

男は、胸をそらせた。

「よくわからないんだが」

「われわれのグループには、さまざまな職業の人間が、会員になっています。サラリーマン、クラブのホステス、タクシーの運転手、エトセトラです。あなたが、ある日、奥さんを殺したとする。すると、うちの会員のタクシーの運転手が、その日、あなたを、犯行時刻に、銀座に運んだと証言する。銀座のクラブのホステスは、あなたが来たと証言する。その上、たまたま、その店にいたサラリーマンの客が、あなたと、名刺を交換したと証言する。あなたには、無関係な人間が、三人もアリバイを証言するんです。警察が、どんなにがんばっても、この鉄壁のアリバイは、崩せませんよ」

「しかし、その三人が、裏切ったらどうするんだ？」

「その点は、大丈夫です」

男は、また、自信ありげにニッコリして、胸をそらせた。

「なぜだ？」

「彼等も、それぞれ憎い人間を殺して、うちのアリバイのおかげを受けているからですよ。絶対に、裏切ったりはしません。どうですか、殺しは一秒、一生幸福ですよ」

「ただで、やってくれるわけじゃないだろう？」

「それは、われわれも、慈善団体じゃありませんからね。二つのことをやって頂きます」

「二つというと？」

「三人のアリバイ証言が必要なら、一人百万として、三百万を、うちに払って下さい。四人なら、四百万です。これは、金額が大きくなればなるほど、あなたのアリバイは、強固なものになります。うちの会員に、自動的になって貰います」

「もう一つは？」

「あなたが、幸福になれたら、その幸福を、他の人にも、分けて頂きたいのですよ」

「つまり、お客を集めろということか？」

「ええ、そうです。うちの会員になったら、二人のお客を見つけて下さればいいのです。たった二人です。しかも、その二人は、あなたと同じように幸福になれるわけですから、大変に、感謝されますよ」

と、男は、いってから、すぐ、つけ加えて、

「われわれの事業は、ますます需要が期待される有力産業だということが出来ます。会員は、ねずみ算式に増えていきます。早く会員になればなるほど、お得ですよ。利益の五パーセントを会員に還元することになっているので、早い時期の会員ほど、大きな利益がもたらされるのです。あなたが、三百万払っても、そのくらいの金は、すぐ、戻《もど》ってきますよ」

「しかし、僕は、口べただから、二人も、お客を集めるのは、無理だよ」

井上がいうと、男は、

「そんなことは、ありません、すぐ見つかりますよ」

「と、いっても――」

「いいですか。よく聞いて下さい。一人の人間が、ある人間を憎んでいるとします。その時には、憎まれている方も、相手を殺したいと思っているに違いありません。ほら、もう、二人、お客がいるじゃないですか。簡単なことでしょう?」

男は、井上の顔をのぞき込んで、ニヤッと笑った。

解説

郷原　宏（文芸評論家）

一九八〇年代の初め、私は海外ミステリー専門誌「ＥＱ」（光文社）で「ミステリー調書」という読み物を連載していました。日本を代表する推理作家十人にインタビューして、彼らが影響を受けた海外の作家や作品について「尋問」し、その「調書」を読者に公開するという企画でした。

その五回目の取材で、私は初めて西村京太郎氏にお目にかかりました。一九八二年の三月下旬だったと思います。西村氏はその前年に『終着駅《ターミナル》殺人事件』で第三十四回日本推理作家協会賞を受賞して、作家としてはいちばん脂《あぶら》の乗っているころでした。

当時、西村氏は京都市中京区にお住まいでしたので、ご自宅に押しかけて一時間ほどお話を伺ったあと、同行の編集者、カメラマンとともに、市内の料亭でおいしい京料理をご馳走《ちそう》になりました。西村氏の盟友、故山村美紗氏も一緒でした。

この会合がきっかけで、私は両氏の文庫解説を書くようになり、のちに講談社から出た『西村京太郎長編推理選集』全十五巻（一九八六〜八八）、『山村美紗長編推理選集』全十巻（一九八九〜九〇）の全巻解説を引き受けることになったのですから、これは私にとって生涯の大事件ともいうべき出来事になりました。

そのとき西村氏は、自分が影響を受けた海外作家としてウィリアム・アイリッシュの名を挙げました。人事院に勤めていた一九五四年ごろ、アイリッシュの『暁の死線』（一九四四）を読んで感動し、それから集中的に海外ミステリーを読むようになったというのです。

当時、西村氏は「パピルス」という職場の文芸同人誌に参加していましたが、まだ作家になるつもりはなかったそうです。ところが、自分たちが策定した「同一労働同一賃金」の原則が人事院の内部でさえも崩れてきたため、公務員としての前途に見切りをつけて一九六〇年に退職し、学歴に左右されない作家をめざすことになりました。そのときになって、在職中に愛読したアイリッシュの作品が大いに参考になったようです。

海外ミステリーのファンならよくご存知のように、ウィリアム・アイリッシュ（一九〇三〜六八）は、映画の脚本作家からスタートして、まず本名のコーネル・ウールリッチ名義で売り出した作家です。『消えた花嫁』（一九四〇）から『黒衣の花嫁』『黒いカーテン』『黒いアリバイ』『黒い天使』『喪服のランデヴー』へとつづく「黒」のシリーズは特に有名で、本国のアメリカよりもむしろ日本とフランスで人気を集めました。山本周五郎の名作『五瓣《ごべん》の椿』は、『黒衣の花嫁』を日本風に換骨奪胎した時代小説です。

甘美なロマンティシズムと強烈なサスペンスを身上とするこの作家は、今度は別名のアイリッシュ名義で『幻の女』（一九四二）を発表しました。太平洋戦争の敗戦直後にこれを読んだ江戸川乱歩が「新しき探偵小説現れたり、世界十傑に値す」と激賞したタイムリミット・サスペンスの傑作です。西村氏が最初に読んだという『暁の死線』はアイリッシュ名義の第二作で、やはり限られた時間とたたかう男の切迫感を主題にしたサスペンスです。

一方でアイリッシュは短編の名手としても知られ、一九四九年にＭＷＡ（アメリカ探偵作家クラブ）の短編賞を受賞しています。これはアメリカでは長編賞以上に名誉ある賞とされています。日本でもやがて『アイリッシュ短編集』全六巻が独自に編纂されてファンをよろこばせました。かくいう私も実はその短編ファンのひとりでした。

こうして見てくればもうお分かりのように、西村京太郎氏はアイリッシュ（ウールリッチ）と多くの共通点を持っています。大都会ニューヨークを舞台に繰り広げられるさまざまな人生模様を、意外性とサスペンスと悲哀感をもって描き出すウールリッチの手法は、そのまま東京を舞台にした西村氏の都会派ミステリー、たとえば「私立探偵左文字進」シリーズに通じていますし、仕掛けの大きいトリックや切迫したタイムリミットの緊張感で読ませるアイリッシュの手法は、西村氏の「十津川警部」シリーズに通じるところがあります。

そして何よりも、両者は短編の名手という点で共通しています。西村氏は、いまでは「十津川警部」シリーズをコンスタントに書き続ける長編作家として知られていますが、かつてはむしろ短編の名手として聞こえていました。短編の名手だからこそ、すぐれた長編作家でもありえたというのが、順序としては正しいでしょう。

そのとき、西村氏から伺った話でもうひとつ印象に残っているのは「ぼくはキセル作家なんです」という言葉です。キセル（煙管）は、いまでは時代劇のなかでしか見られなくなりましたが、刻みタバコを火皿に詰め、それを燻《くゆ》らせて煙を吸う道具のことで、先端部分を雁首《がんくび》、口で吸う部分を吸い口、中間の煙の通り道を羅宇《ラオ》といいます。

鉄道の不正乗車のことを「キセル」といいますが、これはキセルの両端だけが金属でできているところから、乗降駅付近の切符だけを買って途中区間（キセルでいえば羅宇の部分）を無賃乗車する手口のことです。

西村氏の「キセル作家」はおそらくそれを念頭においたもので、「自分は小説を書くときに書き出し（雁首）と結末（吸い口）だけを決めておいて、途中の展開（羅宇）は流れにまかせます。つまり細かなコンテはつくらないタイプの作家なんですよ」ということだろうと思います。

それを聞いたとき、私は西村ミステリーのおもしろさの秘密に触れた思いがしました。この作家の書き出しのうまさ、結末のひねりのあざやかさには、かねてから定評がありましたが、展開部の自然な流露感は、まさしくこの「キセル」の効用であることに思い至ったのです。こんな自在な小説作法を可能にしたものが、西村氏の持って生まれた物語作家としての力量であることは、改めていうまでもありません。

さて、本書『午後の脅迫者』は、こうした西村氏の特色、とりわけ短編の名手としての持ち味が存分に発揮された傑作アンソロジーです。西村氏はよく鉄道ミステリーの始祖になぞらえて「日本のクロフツ」などと呼ばれますが、これを読んだ読者は「日本のアイリッシュ」こそ、この作家に最もふさわしい呼称であることに気づくはずです。

ここには一九六〇年代の半ばから八〇年代の半ばにかけて発表された九つの短編が収められています。短編を解説するなんて野暮《やぼ》の骨頂だと承知のうえで、以下、各編に短い蛇足を付けさせてもらいます。

表題作「午後の脅迫者」は「小説現代」の一九七二年一月号に発表されたあと、講談社文庫『午後の脅迫者』（一九八五）に収録されました。一攫千金を夢見て私立探偵になった小悪党が思いもかけぬ竹篦返《しっぺがえ》しを食らうというお話で、投稿作家時代に探偵社に勤めたことのある西村氏の体験が巧みに生かされた作品です。ひねりのきいた結末のあざやかさという点で、西村氏の短編の十傑に入る名作といっていいでしょう。

「密告」は「小説現代」の一九七六年六月号に発表されたあと、短編集『11の迷路』（講談社、一九七九）をへて『午後の脅迫者』に収められました。「密室」ならぬ「密告」殺人を扱った警察小説で、十津川警部の先輩ともいうべき佐々木警部補の名捜査がたのしめます。

「二一・〇〇時に殺せ」の初出は「別冊問題小説」の一九七六年七月号です。『11の迷路』をへて『午後の脅迫者』に入りました。悪徳弁護士と佐々木警部補の虚々実々の駆け引きが見ものです。

「美談崩れ」は編中最も古い作品で、「オール讀物」の一九六五年九月号に発表されたあと、『11の迷路』をへて『午後の脅迫者』に合流しました。スクープを焦った地方支局の新聞記者が思わぬ落とし穴に陥ってしまうという悲劇です。この作品が発表されたころ、私も地方支局の記者でしたが、その圧倒的なリアリティーと心理描写の見事さに他人事《ひとごと》ならぬ興奮を感じたことをよく覚えています。西村氏の短編の名手たる所以《ゆえん》を遺憾なく示す名品といえるでしょう。

「柴田巡査の奇妙なアルバイト」は「小説現代」の一九七七年四月号に掲載されたあと『午後の脅迫者』に収録されました。最近は死刑になるために人を殺すなどという物騒かつ傍《はた》迷惑な事件が増えましたが、この種の手合いはどうやら昔からいたようです。このブラック・ユーモアは、まさしく短編の妙味です。

「私は職業婦人」は「小説現代」の一九七八年十月号に発表されたあと『午後の脅迫者』に収録されました。三人の男を殺して庭に埋めた主婦が、犯行は自供したが動機については黙秘したという謎をめぐる法廷ミステリーです。「男女雇用機会均等法」の成立よりずっと前の作品であることにご留意ください。

「オーストラリアの蟬」は「小説現代」一九七九年三月号に発表されたあと『午後の

脅迫者』に収録されました。題名からして蠱惑《こわく》的な悪徳警官物で、「十津川警部」シリーズに通じる集団捜査物としてもたのしめます。

「成功報酬百万円」は「ルパン」の一九八一年冬季号に発表されたあと『午後の脅迫者』に合流しました。百万円の成功報酬につられて社長秘書の尾行を引き受けた私立探偵が罠《わな》にはまるという話は「午後の脅迫者」に似ていますが、こちらは捜査側に視点をおいた警察小説に仕上がっています。

「マルチ商法」は「ショートショートランド」の一九八五年三月号に発表されたあと『午後の脅迫者』に合流しました。ショートショートには短編とはまた別の切れ味が要求されますが、この作品は西村氏が切れ味のいいショートショートの名手でもあったことをしめしています。

手元に一冊の西村ミステリーがあるかぎり私たちの人生の辞書に「退屈」という文字はありません。

一九八五年七月　講談社文庫
二〇〇二年十一月　講談社ノベルス

本作品はあくまで小説であり、作品内に描かれていることはすべてフィクションです。

午後《ごご》の脅迫者《きょうはくしゃ》 新装版《しんそうばん》

西村京太郎《にしむらきょうたろう》

2022年3月15日第1刷発行
2024年2月15日第2刷発行

発行者――森田浩章
発行所――株式会社 講談社
東京都文京区音羽2-12-21 〒112-8001
電話 出版 (03) 5395-3510
販売 (03) 5395-5817
業務 (03) 5395-3615
Printed in Japan

講談社文庫
定価はカバーに
表示してあります

KODANSHA

デザイン―菊地信義
本文データ制作―講談社デジタル製作
印刷―――株式会社KPSプロダクツ
製本―――株式会社KPSプロダクツ

ISBN978-4-06-527372-2

講談社文庫刊行の辞

二十一世紀の到来を目睫に望みながら、われわれはいま、人類史上かつて例を見ない巨大な転換期をむかえようとしている。

世界も、日本も、激動の予兆に対する期待とおののきを内に蔵して、未知の時代に歩み入ろうとしている。このときにあたり、創業の人野間清治の「ナショナル・エデュケイター」への志を現代に甦らせようと意図して、われわれはここに古今の文芸作品はいうまでもなく、ひろく人文・社会・自然の諸科学から東西の名著を網羅する、新しい綜合文庫の発刊を決意した。

激動の転換期はまた断絶の時代である。われわれは戦後二十五年間の出版文化のありかたへの深い反省をこめて、この断絶の時代にあえて人間的な持続を求めようとする。いたずらに浮薄な商業主義のあだ花を追い求めることなく、長期にわたって良書に生命をあたえようとつとめるところにしか、今後の出版文化の真の繁栄はあり得ないと信じるからである。

同時にわれわれはこの綜合文庫の刊行を通じて、人文・社会・自然の諸科学が、結局人間の学にほかならないことを立証しようと願っている。かつて知識とは、「汝自身を知る」ことにつきていた。現代社会の瑣末な情報の氾濫のなかから、力強い知識の源泉を掘り起し、技術文明のただなかに、生きた人間の姿を復活させること。それこそわれわれの切なる希求である。

われわれは権威に盲従せず、俗流に媚びることなく、渾然一体となって日本の「草の根」をかたちづくる若く新しい世代の人々に、心をこめてこの新しい綜合文庫をおくり届けたい。それは知識の泉であるとともに感受性のふるさとであり、もっとも有機的に組織され、社会に開かれた万人のための大学をめざしている。大方の支援と協力を衷心より切望してやまない。

一九七一年七月

野間省一